无足轻重的小误会

[意]安东尼奥·塔布齐 著　汤荻 译

东方出版社

图书在版编目（CIP）数据

无足轻重的小误会 /（意）安东尼奥·塔布齐著；汤荻译 .—北京：
东方出版社，2020.11
（读经典）
ISBN 978-7-5207-1635-2

Ⅰ . ①无… Ⅱ . ①安… ②汤… ③崔… Ⅲ . ①短篇小说—小说
集—意大利—现代 Ⅳ . ① I546.45

中国版本图书馆 CIP 数据核字（2020）第 146278 号

无足轻重的小误会
（ WUZUQINGZHONG DE XIAOWUHUI ）

- -

作　　者：【意】安东尼奥·塔布齐
译　　者：汤　荻
责任编辑：邝青青　杨　丽
责任审校：孟昭勤
出　　版：东方出版社
发　　行：人民东方出版传媒有限公司
地　　址：北京市西城区北三环中路 6 号
邮　　编：100120
印　　刷：三河市金泰源印务有限公司
版　　次：2020 年 11 月第 1 版
印　　次：2020 年 11 月第 1 次印刷
开　　本：889 毫米 ×1230 毫米　1/32
印　　张：8.5
书　　号：ISBN 978-7-5207-1635-2
定　　价：58.00 元
发行电话：（010）85924663　85924644　85924641

- -

版权所有，违者必究
如有印装质量问题，我社负责调换，请拨打电话：（010）85924728

铁轨上的小石子

一

无论小说还是杂文，安东尼奥·塔布齐（1843—2012）的著作大多会附有他常简称为"说明"的前言，它们隽雅机智，以塔布齐特有的行文方式解释作品的成因，但从来不含个人信息——可将阅读与写作的关系视为塔布齐的某种精神自传；确切地说，它们更是一种哲学思考或诗学宣言。

例如，1993 年，在首部小说《意大利广场》（1975）再版之际，塔布齐作《说明》："二十年后重读此书，再次出版属于彼时我们的拙作，予我一种奇怪的感觉。我忍不住自问：昨天的那位还是今天的我吗，抑或是另一个人？"

"诗人没有传记，他们的作品即他们的传记。"在《怨恨与云雾》中，塔布齐引用奥克塔维奥·帕斯论述佩索阿的名言，同样适用于引用者本人，换言之，就"我是谁"这一问题，答案只能在作者本人的作品中寻找。《意大利广场》采用蒙太奇手法，叙述意大利统一后上百年间托斯卡纳一家三代无政府主义者的故事，书中塑造了一位罹患时间之伤的人物沃尔杜尔诺。时间，从一开始就困扰着作家塔布齐，以至于以后直接见于书名：2001 年的《一切为时已晚》和 2009 年的《时光匆匆老去》。时间、空间，与失去了空间坐标和界线的人类生存，被他视为人间悲喜剧之肇因的"没什么"，种种构成了塔布齐文学的主题，它们盘根错节、无从断绝。

时间之伤，或者说错位的时间，交织着思念、追忆、臆想、痛惜、悔恨、死亡的斑驳光影，裹挟着无尽的忧郁和伤痛，也在 1985 年出版的《无足轻重的小误会》中暗涌。

二

在写作对话录《挂毯后面》(Dietro l'arazzo) 中，塔布齐多次提到"铁轨上的小石子"，他以它来指代"一个小小的、极小的没什么"，但这个"极小的没什么"却可能是列车脱轨的原因。

"事情进展得怎么样，是什么在引导它们？没什么。有时候可以从没什么开始，从一个句子……"，比如从波德莱尔的散文诗《在这世界之外的任何地方》的诗名开始，或者从一颗小石子、一个偶然、一个小到大可忽略不计的几率、一个玩笑、一个无足轻重的小误会。

《无足轻重的小误会》收录了作家的十一则短篇，其中，与小说集同名的第一则短篇叙述被故事人物当作开玩笑的口头禅，"无足轻重的小误会"，如何演变成可以改变某些人人生轨迹和命运的"无可救药的巨大的小误会"。

塔布齐的书名总是极尽推敲，含义精辟深刻。原题中，在首则短篇中只能作"误会"翻译的 equivoci，其含义实则更为广泛，对此，塔布齐本人在《说明》中给出了全面透彻的解释："误解、不肯定、滞后的理解、无用的惋惜、悲惨的回忆、微不足道而又无可救药的过失：所有这些有悖常理的事情对我有种无法抵抗的诱惑，这几乎是一种天意，或一道轻微的圣痕。事实上这种吸引是双向的因而并不足以构成慰藉。能予我慰藉的或许是坚信存在本身即模棱两可，并将这种模棱两可赋予我们众人，但我又觉得，这可能是不言自明的常理，与巴洛克式的隐喻并无二致。"

《说明》之为点睛之笔，它告诉我们，这是一部关于"存在本身即模棱两可"的小说。

三

提及塔布齐，难免不提费尔南多·佩索阿（1888–1935），后者伴随了作家、翻译家和学者塔布齐的一生。1964 年在巴黎书摊上邂逅《烟草店》这本诗集是塔布齐学习葡语的起因，通过与妻子泽合作，他最先将这位托名作诗的"兀自的广众"介绍给了意大利读者。后来他病重卧床时，又开始译介佩索阿的作品。

和佩索阿一样，塔布齐也爱做梦，且爱做其他人的梦，《安魂曲》（1992）便是因梦成书，结尾处，塔布齐邀请诗人共进晚餐。而这并非唯一的一次，从未谋面却是忘年交的两位文学巨匠经常在塔布齐的作品中相会。

塔布齐还做过一个梦见设计了迷宫的代达罗斯本人梦见自己误闯迷宫的梦。这则梦中梦与我们熟知的忒修斯剑斩牛头蛇怪、手持阿里阿德涅的线团原路折返的神话异曲同工，但塔布齐将自己的迷宫再进一步：很简单，他把阿里阿德涅的线掐断了。于是，和模棱两可一样，迷宫变成了对存在本身的绝对隐喻。我们寻找、迷失、转向、再寻找，但是，倘若找到出口已不可能，那我们还能寻找什么？

《小误会》中，昔日同窗好友费德里科、莱奥和东尼诺在法庭相会，费德里科因为"小误会"而弃文从法，此刻正是庭审的法官，莱奥却因"小误会"而沦为被告，当费德里科准备对莱奥宣判时，我，东尼诺，离开法庭，"我继续走走停停，沿河堤徐徐前行，尽量不去踩踏石板路上的缝隙，一如我儿时那样，在这种幼稚的仪式中，我试图在对称的石块上调整我至今对世界既无节奏也无尺度的童真的读解。"这自然并非东尼诺寻找的东西，而只能是一种无奈的自我安慰。

四

在塔布齐作品中，随处可感他广博的文化涵养，如《小误会》中东尼诺一气吐出古希腊悲剧《安提戈涅》中的一段唱词，如《怨恨与云雾》中马查多、安德拉德和帕斯的诗句，《谜》中的普鲁斯特和塞利纳，和《驶往马德拉斯的列车》中德语作家沙米索的影子，又如干脆以波德莱尔的散文诗来契题的《在这世界之外的任何地方》。这里提到的只是作家，而塔布齐的学识和修养并不仅限于文学。

作者和书籍，塔布齐信手拈来，将它们化为笔下令人心仪的"人物"和构建作品的重要元素。和《在这世界之外的任何地方》一样，《魔法》也是一则"幽灵短篇"，但如作家所言，它也可用弗朗索瓦丝·多尔多的儿童精神病及自闭症理论作出另一种解读。短篇叙述一位不知父亲身在何方的小男孩去姨妈的海边别墅消夏，在那里，与他做伴的表姐克莱丽娅幻想自己是巫婆梅露西娜，整天寻思着对继父施行魔法，因为她坚信是继父指使法西斯行刑队枪杀了她的亲生父亲，然而故事结尾处，意外猝死的竟是她的妈妈。

塔布齐是一位描写儿童心理的高手，他将遭受丧亲之痛、孤独无望的儿童形象描绘得令人扼腕。1977年，在他作家生涯的早期，他便塑造了男孩杜乔的形象。同样是幼年丧父，杜乔与母亲和叔叔一起生活在托斯卡纳的一幢乡村别墅中，唯一的伙伴是《海底两万里》的尼摩船长，他不断给船长写信。某天，他突然"发现"父亲曾经残杀过游击队员，可能出于对母亲隐瞒真相的怨恨，他开始寻求报复。就年代顺序来说，《致尼摩船长的信》（Lettere a Capitano Nemo）是塔布齐的第二部小说，但它却是在作家去世六年后的2018年才付梓，当时，因为书中"记忆有点凌乱，意图有点含糊"，也不具备足够的"可读性"，它遭到意大利所有重要出版商的拒绝。这部被作者谎称托付给了海风的作品后来以短篇形式出现，而这里的《魔法》可说是《信》的翻版，只不过男孩杜乔变成了女孩克莱丽娅。

如前所述，塔布齐喜欢做梦，他的很多作品都如梦呓，包括《在世界之外的任何地方》：一位受波德莱尔同名诗启发而迁居里斯本的教授，某天在报纸上偶然读到只有他和情人才知道的幽会暗号：在这世界之外的任何地方。而这唤醒了他谵妄的回忆，虽然他知道为他背叛了丈夫或男友、继而遭他遗弃的情人已经死去，他依然不能自已地臆想时光会倒流，一切将重新开始，于是他拨打了那个已经"太迟了"的号码。

太迟了，这一"不是时钟意义上的时间"的时间，这一"像叹息一般轻盈，像眨眼一般迅捷"的时间，如驱之不散的幽灵，贯穿了塔布齐的全部文学。

痴人说梦、神秘、诡谲、迷宫、缺乏连贯性、留白、自言自语的叙事逻辑、庞杂的互文，种种构成了塔布齐的文学特色，构成了他作品的魅力，但不可否认，他是一位颇需揣摩的作家，加之他的人物对话常常不加引号，它们与叙述无缝衔接，不同人称和时态在梦一般的氛围中不断切换，这使得某些晦涩的章节越发显得扑朔迷离。

虽有将作品简单化的可能，但为了帮助理解，在阅读这两则"幽灵"短篇前，大家不妨回忆一下希区柯克的《惊魂记》，或想象刘易斯·卡罗尔赠予爱丽丝的是一面能将她和周遭事物映照成不同镜像的哈哈镜，而她确信这一切都是真实的。

五

在论述博尔赫斯的一篇文章中，为方便读者理解，塔布齐将文学分成了两大类："亚里士多德"文学和"柏拉图"文学。他认为，博尔赫斯属于后者，也就是说，面对实物和实物理念，继承"柏拉图"衣钵的作家们会选择理念。从这一角度来说，塔布齐的《寻找伊莎贝尔》（2013）也可说是理念先行。这是他唯一一部以女性名字命名的小说。《安魂曲》面世后，为交代书中提到却从未露面的伊莎贝尔，他开始构思这部作品，并最终于身后出版，书中，伊莎贝尔依然是幽灵、依然抽象。

与伊莎贝尔不同，在《等待冬天》中，塔布齐以极尽细腻的笔触和敏锐的心理洞察力，为读者塑造了一位层次极其丰富的遗孀形象。这位妇人的丈夫是一位著名作家，刚刚过世，她深感痛苦和酸楚，渴望独处，渴望痛哭，但却不得不应付各色人等：有事相求的内阁大臣、繁冗的致哀者、出版商、记者，与此同时，带着微妙的感情色彩，往事涌上心头，碎片式的、莫名的，她"感觉到自己是个被抛弃的小孩，在她疲惫衰老的身体中被掩埋的深处醒来"，"她感觉那个小孩在她体内再次醒来，又蹦又跳唱着一首毫无意义的歌"，她把"曾相信自己会一直喜欢"而现在又将觉得可恶的挂钟指针拨到了明天、后天，然后又拨回到今天……这些是典型的塔布齐式的时间氛围，沉浸着惋惜、思念和向往，在略微了解他的时间理念后，他小说中故事的结局或许就不那么难以理解了。

六

时间和死亡，生命的向死之旅：要领略塔布齐作品中的深意，就有必要了解他的一些观点，例如他的图像观。"在拉丁人发明'形象'（imago）一词前，古希腊人用的词是'幽灵'，它意味着'形象'（immagine），不是我们身体的形象，而是我们在自身思想中得出的关于自己的形象，也即对自己的'意识'，在某种意义上可说是我们的'灵魂'。"塔布齐写道。有趣的是，与某些民族相信镜头会摄魂一样，塔布齐从时间的错位、空间的无边、事物及梦境的弥漫观念出发，得出了同样的结论：将鲜活的生命定格于某刻的照片实则等同于死亡。因此，死亡从一开始就紧随着《房间》中的阿梅丽亚，预告了将遭遇洗牌的鲽夫富兰克林的结局，"咔嚓一声，一个消逝的瞬间给锁定了，无法撤销、直到永久"，"咔嚓：十年。忽然间，他在肩头感觉到了所有的流年，那个十年，还有他生命中的五十年"。

难以表述的心痛也体现于其他短篇中，如《岛屿》中籍籍无名、形单影只的囚犯押送员。他从不询问囚犯的姓名，但退役前一天，在帮助一位绝症犯人投递信件，或许是一封情书后，他喊出了自己的名字，"但他的周围见不到一个人影"；如《谜》中的老爷车车手兼经销商"卡拉巴侯爵"，因认识、爱上了米里亚姆而开启自己的生命之旅，他力图弄明白生命传动带的运作原理，然而米里亚姆却很快从他的生活、从这个世界上莫名地蒸发了；如《电影》，这是一部戏中戏，因翻拍老片，男女主角艾迪和艾尔莎多年后再次相会。艾迪的形象让人联想到亨弗莱·鲍嘉和《卡萨布兰卡》，他曾经暗恋艾尔莎，却失之交臂，这次，借重拍的机会，他试图将爱之幻想化为现实，然而，幻想终究是幻想，最后一幕中，载着艾尔莎一行的火车离开站台，撇下艾迪一人，导演对他大喊："您是艾迪，记着，而不是一个可怜巴巴的失恋者……将手插在衣兜里，再收紧一点肩膀，就是这样，不错，向我们走过来……香烟好好地叼在唇边，完美……眼睛望着地面。"然后，幕布落下，终。太迟了。

《怨恨与云雾》浸润着浓郁的讽刺色彩，是塔布齐所谓的现实主义短篇，自然也是他个人风格的现实主义。塔布齐擅用做梦、臆想、对话不加停顿的叙事方式，来表明文学固有的虚构性，强调他追求的是一种内在本质的真实。在此意义上，他的现实主义只是一种对文体的选择。事实是，较之其他短篇，《怨恨与云雾》的主题更加隐晦，在不惜代价、追名逐利的年轻教授身上，模棱两可的是对一种选择和生活态度的阐释，进而让读者们感到存在本身即模棱两可。

七

在《小误会》面世前一年，塔布齐创作了一部寻找影子的极其优美又奇特的小说《印度小夜曲》(1984)。与妻同游印度的经历一定给他留下了深刻的印象，以至于这次旅行后来又多次见诸于其他作品，包括《驶往马德拉斯的列车》。短篇中，一位与沙米索笔下人物同名同姓的乘客，彼得·施勒米尔，向萍水相逢的故事叙述者描述了他在纳粹集中营中见到的一尊湿婆起舞的雕像，四十年来，这尊雕像让他魂萦梦绕，在他发现雕像和雕像主人现在在马德拉斯后，他决定去看上最后一眼。这依然是一则寻找影子的小说，只是，如果说《小夜曲》中寻找好友的"我"最终发现自己才是被寻找的影子，如果说施勒米尔将自己的影子售予魔鬼、最终却拒绝用灵魂来赎回，那么，《列车》上的彼得最终失去了自己的影子。

塔布齐的文学自成一体，他行文优美，用词细腻精准，但作品呈现却常似雾里看花、水中望月。还是在前述书信体短篇中，塔布齐引用马里奥·巴尔加斯·略萨的话写道：小说创作是一种与脱衣舞相仿的仪式，如果说舞娘脱落她的衣服，展露的是她的秀色，在众目睽睽之下借助小说脱光衣服的作家展露的就不只是秀色了，他还展露让他夜不能寐的幽灵，他自身最丑陋的部分：怨念、罪过、愤怒……此外，与脱衣舞娘不同，作家开始写作时赤身裸体，结束时却穿上了衣服。

汤　荻

说明

　　巴洛克时代的作家喜爱模棱两可。卡尔德隆[a]和他的追随者们将模糊晦涩上升为对世界的隐喻。我猜他们坚信，当我们从生者之梦中醒来之日，便是我们尘世中的模糊终被澄清之时。

　　我，也谈模糊晦涩，但我并不那么喜欢它们；我更愿意推动它们而不是发掘它们。误解、不确定、滞后的理解、无用的惋惜、悲惨的回忆、愚蠢而又无可救药的错误：所有这些都对我有种无法抗拒的诱惑，这几乎是

---

① 佩德罗·卡尔德隆·德·拉·巴尔卡（Pedro Calderón de la Barca，1600—1681），西班牙黄金时期剧作家。——译者注，本书未另说明的均为译者注

一种天意，或一道轻微的圣痕。事实上这种吸引是双向的因而并不能明确地算是一个安慰。能予我慰藉的或许是坚信存在本身就是模糊晦涩的，而生活又将这种晦涩分散到我们每个人的生活中，但我又觉得，这可能是不言自明的公理，与巴洛克式的隐喻并无二致。

就本书收入的短篇，我愿意仅在此提供一点它们来源的信息。叫作《谜》的故事是1975年的某个晚上在巴黎听来的，它在我脑海中酝酿了许久，最后很不幸，以与原故事相背离的形式呈现出来。倘若读者将《魔法》和《在这世界之外的任何地方》视为两则最宽泛意义上的灵异故事，我不会持任何异议，但这并不妨碍它们可以另一种方式解读。前者要归功于弗朗索瓦丝·多尔多[a]的一则引人入胜且并非鲜为人知的理论，尽管这样做可能是多此一举，至于后者，我想特别指出我是从波德莱尔的《巴黎的忧郁》中获得的灵感，尤其是从他的

---

① 弗朗索瓦丝·多尔多（Françoise Dolto，1908-1988），法国儿科医生及儿童精神分析学家。

散文诗中我得到了这个题名。《怨恨与云雾》是一则现实主义短篇。《电影》在很大程度上得归因于一个雨夜、一个海滨小火车站和一位已故女演员的面容。

至于其他短篇，我没什么可赘述的。我只想说，我更希望是亨利·詹姆斯撰写的《等待冬天》，而《驶往马德拉斯的列车》的作者是吉卜林，他们毫无疑问将更胜一筹。这，与其说是我对这两个短篇的遗憾，不如说是我对无缘拜读这些作品的惋惜。

安东尼奥·塔布齐

目录

无足轻重的小误会

书记员宣布："起立，审判官入庭。"片刻间，法庭内鸦雀无声，与此同时，身披法袍、头发几已全白的费德里科带领几名法官鱼贯而入，我忆起了《泥泞小路》。我望着他们入座，仿佛在目睹一种费解而邈远，然而又投向未来的仪式。表情凝重的众法官在上悬一十字架的审判桌后坐定，他们的形象逐渐消失在一个已经过去但于我却是当下的形象中，恰似一部老电影，我的手几乎不由自主地在我携带的笔记本上写道：《泥泞小路》，而我的思绪飞逝，回到了时光流逝的往昔。莱奥也是，他坐在那个关犯人的铁笼里，犹如一头危险动物，也没有深受不幸的人才有的那种病恹恹的神色。我见他倚着他祖母帝国风格的条案，还是那副腻烦又狡黠的神色，那是莱奥特有的，是他的魅力。他说："东尼诺，再放一遍《泥泞小路》。"于是我为他重放了一遍唱片。莱奥有权和在学校期末演出中扮演安提戈涅时泪流满面而被称为"悲剧女神"的玛德莱娜跳舞。这正是专为他俩定制的唱片，适合他们在莱奥祖母帝国风格的客厅中翩翩起舞。庭审的前身，那天夜里莱奥和费德里科痴痴地凝视着"悲剧女神"的双眸，轮流与她跳舞，他俩发誓不是情敌，并不多么在乎这位红发少女，他们这么做仅仅是为了跳舞，但实际上，他们迷上了她，我也一样，当然了，虽然我像无事佬一样放着唱片。

　　就这样一支又一支舞，就这样，一年过去了。这是被一句放之四海而皆准的话而标注的一年。错过约会、开销入不敷出、失信于人、阅读一本有口皆碑但实则味同嚼蜡的书：我们所犯的一切错误、含混不清都可以被称为"无足轻重的小误会"。这种事最初发生在费德里科身上，它曾让我们笑得前仰后合，毕生难忘。因为费德里科对他的未来作过一番规划，我们不也一样

4

吗？他报了古典文学，因为他精通希腊语，而且在《安提戈涅》中扮演了克瑞翁；我们则报读了现代文学，"这更当下，"莱奥说，"你能将乔伊斯与那帮索然无味的作家相提并论吗？"我们相聚于"大学生咖啡馆"，每人怀揣自己的入学注册本，仔细查看在台球桌上铺开的课程表上的学业计划。梅莫加入了我们这个小团体，他是莱切人，肩负着政治使命，一心惦记着如何正确地搞好政治，所以"小代表"这个绰号就在那一年一直跟随着他。后来在某个时候，费德里科出现了，他六神无主，挥舞着入学注册本，上气不接下气，几乎不知从何说起。他气昏了，学校出错，将他录入至法学系学生名册，他简直无法相信。为了安慰他，我们陪他一同去了秘书处，一位彬彬有礼又敷衍了事的办事员接待了我们，他是一个小老头，迎来送往了成千上万名学生，他审视了一眼费德里科的注册本及他忧虑的神情。"这是一个无可救药的小误会，"他说，"大可不必如此担心。"费德里科瞠目结舌地望着他，脸涨得通红，结结巴巴道："无可救药的小误会？！"小老头依然那副若无其事

5

的神态，"对不起，"他说，"口误，我想说是一个无足轻重的小误会，圣诞前我会修改您的注册，这段时间，您若愿意，可以上法学课，这样您便不至于荒废时光了。"我们捧腹而去：一个无足轻重的小误会！望着费德里科愠怒的神色，大家哄笑不已。

凡事多么令人纳闷。数周后一天上午，费德里科来到"大学生咖啡馆"，一副自命不凡的样子。他刚上完一节权力哲学课，他总得去个地方吧，然而，伙计们，我们可以不相信他，但他在那一小时中领悟到了某些他一辈子也没能领悟的问题，相形之下，古希腊悲剧学家对世界却没有任何解释。他决定了留在法学系，反正古典著作他已烂熟于心了。

法官费德里科用审问的口吻说了些什么，声音既遥远又机械，仿佛是从电话里传来的。时间蹒跚前行，然后垂直下落。在细小气泡的簇拥下玛德莱娜的面庞从时光的深井中浮出了水面。也许，在你曾爱慕的女孩进行乳房切除手术的那天去探访，并不是一个明智的选择。至少出于自卫的理由也不应该去。但我完全不想自卫，我早就缴械投降了。于是我去了。我在手术室前面的过道中等她，轮到他们手术的病人，会被推到过道中稍候几分钟。她来了，躺在带轴承的病床上，脸上带着麻醉前那份单纯的愉悦，我觉得这令人不知不觉间大为感动。她泪光莹莹，我握住了她的手。她显然很害怕，但那种感受因为化疗而变得迟钝，我觉察到了。我该对她说些什么吗？我想对她说：玛德莱娜，我一直深爱着你，我不明白以前为什么我没勇气向你表白。但你不能对一个正被推进手术室做那种手术的女孩说这种话，于是我一口气匆匆说道："奇异的事物虽然多，却没有一件比人更奇异；他要在狂暴的南风下渡过灰色的海，在汹涌的波浪间冒险航行。"那是多年前演出《安提戈涅》时我的一句台词，天知道我为什么会记得如此清楚，而我迄今都不确定她是否也还记得、能否明白我所说的话。她攥住了我的手。他们将她推走了。我到医院楼下的小卖部。唯一能找到的酒是"拉玛卓迪"苦酒，需要狂饮十瓶才能将自己灌醉，当我感觉一阵恶心，我在医院大楼前的一张长椅上坐了下来，设法说服自己，去找主刀大夫纯属疯狂，那是酒精引起的冲动。而我确实想去大夫那里，告诉他别将那对乳房扔进火化炉中，而是交给我，因为我想予以保存，即便它们内部害了病，我也不在乎，因为谁的身体里不潜伏着某种疾病呢。总之，我喜欢那对乳房，怎么说呢？它们拥有某种含义，我希望他能理解。但我身上残留的理性微光阻止了我那么做，我好不容易走进一辆出租。到家后，我昏睡了一下午，电话铃声将我吵醒时，天已经黑了，我没有留意钟点，是费德里科的声音。他说："东尼诺，是我，能听清吗，东尼诺？是我。""你在哪儿？"我声音粘着，问道。"我在卡坦扎罗，"他说。"在卡坦扎罗？"我说，"你在卡坦扎罗干什么？""我在接受成为检察官的考试，"他说，"我听说玛德莱娜病了，在住院。""没错，"我对他说，"你还记得她曾经的乳房吗？现在没了，咔嚓一下。"他对我说："你在胡说什么？东尼诺，你喝多了？""我当然喝多了，"我说，"我像醉汉一般酩酊大醉，生活令我恐怖，你在卡坦扎罗应考也令我恐惧。为什么你没有娶她？她爱的是你，而不是莱奥，你自始至终都很清楚，但你因为害怕而没敢娶她。你为什么娶了那个万金油女人为妻，你能跟我解释一下吗？你就是一个无赖，费德里库乔①。"我听见咔嗒一声，他挂了电话。我继续无的放矢地骂了一通，随后我回到床上，梦见了一片罂粟地。

就这样，岁月如梭，就如它们流逝的那样，而莱奥和费德里科继续与玛德莱娜在帝国风格的客厅中起舞。刹那间，就像一部老电影那样，他们坐在了法庭尽头，一个身穿法袍，另一个身陷囹圄。之后一件件事又像旋转木马那样开始旋转，日历像树叶飘落又重新粘起，而当我换唱片的空当，他们深情地凝望着玛德莱娜的眼睛，和她跳舞。日复一日，在国家奥林匹克山区营地共度的那个暑假，林中的散步。让我们大家全都着了魔似的爱上了打网球，但认真打网球的只有莱奥一人，他那突如其来的反手击球和那优雅的动作、贴身的运动衣、闪亮的头发、赛后绕在脖子上的毛巾。晚上，当我

① 对费德里科的贬义或带有揶揄戏谑色彩的昵称。

9

们躺在草坪上谈天说地时，玛德莱娜的头会枕在谁的胸口上呢？然后是那个让我们大家全都措手不及的冬天。首先是对莱奥来说，谁能想到，一个如此风雅、如此恣意展现自己一无是处的莱奥，他搂着校长办公楼门厅中的雕像，向济济一堂的学生发表慷慨激昂的演说。他身穿一件为他增色不少的绿色军用大衣。我则选了一件蓝色的，因为我觉得它与我的浅色眼睛更加匹配，但玛德莱娜却没注意到，或至少没对我说，相反，她端详着费德里科那身肥大的、让他略显臃肿的军大衣。在我眼里，那个甩着长袖管的又高又瘦的大小伙子相当可笑，但显然，他能让女人对他生出万般柔情。

随后，莱奥开始以低沉单调的声音陈述起来，如同在叙述一则童话。这是莱奥的讽刺，我知道。法庭内一片肃静，在场记者全在聚精会神地记笔记，仿佛他讲述的是个天大的秘密，费德里科也目不转睛地倾听他的讲话。天呐，我想，为什么你非要装得如此专注，他的话对你来说没什么新奇的，那个冬天你也在场。我几乎能想象到在某一节点，费德里科将从法官席上起身，开口说道：诸位陪审员先生，如蒙允许，我想由我本人来讲述这段历史，因为我也参与了，故而对它了如指掌。那家书店叫"新世界"，它原来坐落于但丁广场，如果我没记错的话，现在那个地方开了一家高级香水店，商店还兼售"古驰"手提包。书店开间宽敞，右侧有一个用于储物的空间，一个小屋子，后面是卫生间。在小屋子里，我们从未藏匿过炸弹或其他性质的爆炸物品，我们只是用它来存放梅莫休假后从老家带回来的普利亚风味的圆形干面包，每天晚上我们都在那里聚会，吃干面包和橄榄。谈话的主题几乎无一不涉及古巴革命——事实上，有一张切·格瓦拉的宣传画就张贴在收银台上方的墙壁上——但我们也探讨历史上的其他革命。事实上，我是探讨这些话题的人。由我发言，因为从历史哲学视角来说，我的朋友们相当无知，而我为应付考试而读了政治思想史，且得了满分与奖励。于是我主讲了几堂有关巴贝夫、巴枯宁及卡洛·卡塔内奥的讲座，我们称之为专题课。其实我一点都不在乎什么革命，我这么做只是因为我爱上了一位名叫玛德莱娜的红发姑娘，而我认为她爱上了莱奥，或更确切地说，我知道她爱我，但我担心她爱上了莱奥，总之，这是一个无足轻重的小误会。这是那些年我们之间常说的一句话，再加上莱奥喜欢取笑我，他一贯善于取笑别人。他妙语连珠，擅长讽刺，他不断用那种方法向我抛出欲擒故纵的问题，以此让其他人明白我属于改良派，而他才是真正的革命者，且非常激进，但莱奥从来不像他所说的那般激进，他这么做是为了给玛德莱娜留下深刻印象，但尽管如此也不能确定是出于偶然，还是出于信仰，他取得了重要的位置，并成为我们那个团体中最重要的成员。对他而言，他相信，那仍是一个无足轻重的小误会。以后的事情，你们也能想象得到，一个人扮演的角色最终弄假成真。生活如此精于将事物僵化，姿态变成了选择。

但费德里科没说这番话，他全神贯注地倾听国家公诉人的提问和莱奥的回答，这不可能，而我则想到：这一切全是演戏。然而这不是演戏，而是确有其事。他们真的在审判莱奥，而莱奥对他的所作所为也被迫供认不讳，他正天真、不动声色地坦白，费德里科则不动声色地倾听他的陈述，于是我意识到，他也不可能有别的表现，因为那是他们正在上演的喜剧中分配给他的角色。那一刻，我爆发出了一股反抗的冲动，想去抵抗、介入、修正那貌似注定的事情。我能做什么？我左思右想，想到的唯一办法是梅莫，那是唯一能做的一件事。我走出法庭，步入大堂，向警卫出示了我的记者证。拨电话号码时，我匆匆思考要说的话，我将要对他说：他们在审判莱奥，快赶过来，你必须想个办法，他正在用双手自掘坟墓，这太荒谬了。对，我知道他有罪，但不至于这么严重，他只是一台机器上的一个齿轮，而这台机器就要碾碎他了，而他还在假装一切都还在控制中，他这么做是为了维持他的形象，但他从未操纵过什么机器，也没有什么可证明的。他仅仅是莱奥，一个与脖子上绕一条毛巾打网球时无甚两样的莱奥，他只是相当聪明，是一个聪明的傻瓜，这一切太荒谬了。

　　电话铃响了很长一阵子，一个礼貌、冷漠、罗马口音浓厚的女性声音回答了电话。"不，议员阁下不在，他去了萨尔茨堡。您找他有什么事？""我是他的一个朋友，"我说，"一个老友，我请您马上联系上他，此事至关重要。""对不起，"礼貌、冷漠的声音答道，"我相信现在不行，议员阁下正在开会，您若愿意，可以给他留言，我将尽快转告。"我挂上了电话，步入法庭，但我没去原先的位置，而是停留在庭内半圆形一侧的墙边，在一队宪兵后面。那一刻，法庭内尽是一片嗡嗡的私语声。我相信是莱奥说了一个他擅长的笑话，他的脸上依然挂着别有用心者才有的恶作剧的表情。在那表情中，我读到了一种深深的忧伤。费德里科也是，他正在整理面前的笔记，我觉得他好像感到了肩头的重负，也陷入了一种深深的忧伤。我有一种冲动，想要穿过法庭、径直走到被摄影师的闪光灯不断扫射的审判桌旁，跟他俩说话，握住他们的手或之类的事情。但我能对他们说什么？说这是一场无足轻重的小误会？因为当我想着这么做时，我确实想到，一切的一切，千真万确，都是生活正在裹挟而去的一个无可救药的巨大的小误会，如今角色已经分配好了，不可能不演了。我也一样。我带着笔记本来到法庭，以及我旁观他们扮演各自角色的行为本身，这也是一个角色，而我应当为进入这场游戏而受谴责，因为凡事都无法逃避，我们每个人都要用自己的方法承担自己的角色。突然，我感受到极度的疲倦和一种耻辱，同时，一个想法击中了我，我不知如何解读，那是一种也许可称为简单化的愿望。刹那间，像是一个线团正以目不暇给的速度散开那般，我随之明白了我们是因一种叫作复杂化的东西而存在的，数百年、成千年、上百万年来，它一层层地集成起越来越庞杂的线路和系统，直至构成了我们现在的模样和我们正在经历的一切。于是我生出了对简单化的思念，似乎造就了叫作费德里科、莱奥、玛德莱娜、"小代表"和我本人等芸芸众生的这上百万年因某种魔法而化解成了一粒微小得几乎于几的时间尘埃。在我的想象中，我们全都坐在了一片叶子上。说是坐着也并不准确，因为我们变得如此细微，成了单核细胞，无性、无史、无理性，尽管如此，却尚存一线意识的微光，使我们能各自相认，知道是我们五人，在那片叶子上，吮吸着甘露，就像坐在"大学生咖啡馆"的餐桌边享用一杯饮料一样，而且我们除了坐在那儿没有别的功能，同时，另一台留声机正在为我们播放另一个版本的《泥泞小路》，以一种与原歌曲不同的形式，但曲调却是相同的。

当我聚精会神地栖息在那片叶子上时，审判官站了起来，公众也站起身来。莱奥依然困坐在牢笼中，点燃了一支烟。或许是一次休庭，我不知道，但我踮着脚尖，悄悄走出了法庭。外面空气清新，天空湛蓝，法院大楼前，一辆冰淇淋推车好像被遗弃了，路上车辆稀少。我开始往船坞方向走去。河道上，一艘锈迹斑斑的驳船似乎没装发动机，正在无声地滑行。我经过船边，船上是莱奥和费德里科，一个人依然露出目空一切的神情，另一个人照旧表情凝重、心事重重，他们一脸困惑地望着我，显然期待着我说上一句话。在驳船的船尾，是那个身上洋溢着青春光彩的玛德莱娜，像是正在掌舵，她微笑着，是深知自己洋溢着青春光彩的女孩才会绽放的微笑。伙计们，我想对他们说，你们还记得《泥泞小路》吗？但他们仨纹丝不动，我意识到他们不过是以现实主义手法打造的浓墨重彩的石膏雕像，雕塑出橱窗模特时而会有的那种夸张可笑的姿势。我自然没有说话，只是在驳船将他们带走的那一刻向他们打了个招呼。我继续走走停停，沿河堤徐徐前行，尽量不去踩踏石板路上的缝隙，一如我儿时那样。在这种幼稚的仪式中，我试图在对称的石块上调整我至今既无节奏也无尺度的对世界的鸿蒙认知。

等待冬天

而后是所有那些花的气味：令人恶心。还有这个房子、影影绰绰地蒙着树木的雨幕、玻璃柜中的什物——西班牙折扇、库斯科受孕圣母、巴洛克天使、17世纪火枪：这一切全都令人恶心，她感觉到了。而这又是痛苦，是痛苦的一种呈现方式，它包含酸楚，包含对充塞我们生活的各种什物的难以容忍，它们呆滞又笨重，又始终无动于衷。它们近乎霸道地存在着，对生活的变化不屑一顾，它们耽于一个物质形体内，明目张胆又清白无辜，因此而遥不可及。唉，她自言自语，我受不了了，我觉得我受不了了。这么说着，她摸了一下前额，额头发烫，她将身体支撑在一张椅背上。她感到一

21

阵哽咽锁住了喉头，于是照了一眼镜子。她瞥见了一个不苟言笑、气质高贵，甚至自视甚高的形象，她想到：那人是我，这不可能。但那人就是她，而这也构成了她的痛苦：对于一个经历过死亡重创的老妇而言，她的一部分悲伤正是包含于那个面色苍白、衣着体面的年迈女人的形象中的痛苦。这个年迈女人头戴织法繁复的黑色蕾丝头巾。她仿佛可以清晰地记得，一群少言寡语、快快不乐的西班牙女人在一个昏暗房间里编织过它。

于是她忆起了很多年前的塞维利亚：吉拉达塔，马卡雷纳圣母，在一个摆放着死板沉闷家具的厅堂中纪念一位已故数百年诗人的纪念仪式。但那一刻，她听见了敲门声，弗朗索瓦丝从门口探进身来。"太太，内阁大臣来了。"她说。多可爱的俏人儿，弗朗索瓦丝。她显得如此娇小脆弱，她浅褐色的小脸和小圆眼镜使她看上去像一个永远也长不大的小女孩。她想到了她的伶俐、什么都明白而又有几许迟钝。"请他在客厅中稍候，"她说，"我片刻就到。"她喜欢这样说话。"片刻"、"少顷"、"请他稍等一下"——这是表示矜持和自我疏远的一种文雅的方式，就像一个演员喜欢在舞台上摇身一变成为另一个人，借此来忘却内心深处的空虚。她再次照了照镜子，整理了一下头巾。"你不能哭，"她对望着她的美丽老妇人说，"记住你不能哭。"

但哭泣几乎是不可能的。因为内阁大臣面色红润，身形矮胖，一身黑色西装；他恭敬地鞠躬，轻吻了一下她的手；他处事得体，而且还相当渊博，这在大臣中很是少见，他又真心敬重这位过世的作家；这一切都无法使她哭泣。如果他平庸无奇，只是漠不关心地例行公事，发表一套用于仪式措辞得体的陈词滥调，那么，她会哭泣，会发泄她那四处漫溢而又无法言喻的痛苦。但这位大臣却没有那么做，因为他真心诚意地为文化之殇而深感悲痛。事实上他是这么说的："今天我们的文化失去了其最重要的声音。"他说得很对，不容反驳，没给哭泣留下任何空间。她以肯定的语调，真诚地表示感谢。这也是人类文明中传统的哀悼方式，但这种哀悼却与悲恸的阴影无关。她多么想哭出来啊！随后他话锋一转，谈到了感激之情。这是一种比悲恸更温和的感情，而在当时，这种情绪正与怀恋的感情同在她的大脑边缘飘荡。他怀着感激之情谈到了一份出于对逝者为这个国家的贡献心存感激而做出的计划：政府拟创建一家博物馆或一个旨在提供补助和奖金以及举办官方纪念活动的基金。"定期的纪念活动。"他强调道。这让她感到愉快，给她带来并无多少慰藉的轻松，让她考虑已经到来的未来，以及一座传统的纪念馆。她还想到，这个国家如何以它自己的方式发展、成熟，变得理智，如他一生所期望的。她说好的，好的，国家应当拥有这笔遗产。她为这项提议和资助感谢了大臣，而现在她还住在这栋房子里，而且短时间内，她也依然会住在这里。生活并不会长此以往下去，而她也不想与一个民族的感情分享她的生活，不论这份感情多么崇高。

说话间，太阳已经升得更高了，花园中已聚集了很多人。大臣走出房间，她走到了窗户边。暴雨减弱了，似变成了从地上蒸腾而起的蒙蒙细雨。她望见汽车悄无声息地驶入花园，从车上下来一些表情沉重的绅士，礼仪官打着雨伞上前迎接，将他们带到家门口。这些高效又实用的国家级葬礼程序让她稍稍感到了宽心，因为它激起了她关于仪式的务实意识。她认识到不该再沉溺于孤独之中了。她拉上窗帘，走向楼梯，下楼时没扶扶手，缓缓地，她仰着头，苍白、骄傲、紧张，眼中不含一滴泪水。她注视人们的脸，好像她什么都没有看见，好像她的视线落在了其他地方，落在了她的过去，也许，抑或是投向了她思绪的深处，但肯定不在那儿，不在那些摆放得极有品位的灵堂的物件上。她静候着，在灵柩床头一侧，似乎在照看一个生者，而不是一位亡人。来宾从她面前走过，轻吻她的手，向她鞠躬致意，低语同情与告别。静候的时候，她站在那里，就像疏远别人一样疏远了自己。她的心脏平稳、规律地跳动，似乎与她肩上真实可感的重压般的彻底毁灭相远离，与可怕而确凿无疑的事实证据相远离。

她听任弗朗索瓦丝闯进来，平静超然地接待了她，就像她是一位其他来宾。而且顺从地，几乎是如释重负地，她任由他牵着她走入一条似乎永无尽头的走廊，并且喝了一碗热汤，似乎这是另一项强加给她的义务。

"不，我不想休息，"她这样说着，回应弗朗索瓦丝深情的关怀，"我不累，你不必担心我，我能撑得住。"

但那些话相当邈远，像是出自他人之口。她听凭弗朗索瓦丝强迫她在沙发上躺下，给她脱掉鞋子，用一块浸透了古龙水的手帕擦拭了一遍她的额头。他在沙滩上奔跑，沙滩后面是一座古希腊神殿废墟，而他赤身裸体，如同一个希腊神　般赤身裸体，头戴一个桂冠，他奔跑时，他的睾丸可笑地晃动起来，她忍不住哈哈大笑，她笑得如此厉害，以至于她觉得快喘不上气了：随后她醒了。

她陡然惊醒，带着一种焦虑，因为她一定是睡过了头，而一切肯定都已经结束。拜谒、追悼会、葬礼，也许是这一天。现在一定是深夜。漆黑一片，弗朗索瓦丝肯定在走廊中，双眼泛红，带着一种坚韧小麻雀的神情，等着告诉她："我不得不让您睡一会儿，您撑不下去了。"她将头探出房门，立刻听见了从一楼传来的来宾叽叽喳喳的闲谈声。她走向窗口，打开百叶窗，白天乳白色的光线骤然投在她的身上。从门厅中传来中国挂钟两下轻率的敲击声。那个俗气的漆器挂钟，如此低矮，如此丑陋，突然之间并且第一次，她讨厌那个小巧、昂贵又畸形的时钟。因为挂钟是她买的，她曾以为自己会一直喜欢它。"不，"她坚决地自语道，"我不要去想澳门，今天我不愿再回忆任何往事，不了。"她只是睡过去了十分钟。她走进卫生间，掩上门，开始补妆。短暂的睡眠弄乱了她的头发，并在她扑了粉的脸上印上了两道印迹。她想打点腮红来修饰下她苍白的脸色，但还是决定算了。为了祛除口中一股樟脑的味道，她刷了个牙。一股樟脑的味道，就是这种感觉让她恶心，而奇怪的是家中的那么多鲜花都掩盖不住这种樟脑的味道。

出卫生间时，她知道弗朗索瓦丝在小会客厅中等候，她与一位德国出版商约定两点会面，她不愿让他久等。一进客厅，一位举止端庄的先生站起身来，颔首致意。他有些胖，实际上是肥胖，这奇怪地使她感觉到了一丝快慰。弗朗索瓦丝端坐着，腿上搁着一本记事本。"倘若您更愿意使用您的母语，我的秘书可以翻译。"这位肥胖的绅士表示同意，省去了客套的废话，他以一种商人的风格开门见山、坦白地表达，这是一种有其优势的表述。"我想买下他的日记，"他用法语说道，"您丈夫在我国度过了那些至关重要的岁月，他结交了不少政界和文化界的重要人士，对我们来说，他的回忆录是极有价值的。"他轻咳了一下，并沉默下来，等候并未随之到来的回复。这似乎让他有些困惑，因为他变得坚定，并大胆向前进入到金钱的领域。"我用马克支付，"他说，"马上就付，合同可以以后再签；我只要优先权。"他这句话是用德语说的，弗朗索瓦丝立刻作了翻译。翻译的中介作用使建议听起来少了些庸俗，她对他至少在这点上表示出的细腻心存感谢，这方便了她的回答，为此她也放弃了法语。一经弗朗索瓦丝翻译成无法理解的其他语言，她说的话便与她无关，它们获得了一个不再属于她的生命，也不再拥有任何意义。她说，她将请秘书给他回复，现在不是做决定的时候，还望他谅解，当然他是第一个提出建议的人，她会记挂在心上的，但此刻，请多包涵，她不得不去忙其他事务了。她望着弗朗索瓦丝。其他事务是……她不知道，也不关心。弗朗索瓦丝瞅了一眼记事本，事无巨细，均由她来打点。她沉溺于只需听从弗朗索瓦丝的这一幼稚的感觉中，感觉到自己是个被抛弃的小孩，在她疲惫衰老的身体中被掩埋的深处醒来，这让她再一次有一种不可抑制的想要呜咽哭泣的冲动，而且同时，还有一种发烧一般的轻飘飘的感觉。有那么一阵，她感觉那个小孩在她体内再次醒来，又蹦又跳唱着一首毫无意义的歌。让她产生哭泣冲动的缘由也消除了她的冲动。然后，一道刺眼的光从书房中映照出来，地板上布满了光线。某人正在大声说话。"他们想为晚间新闻做一个采访，"弗朗索瓦丝说道，"电视台台长亲自打来电话，我只给了三分钟的时间，但若您不愿意接受采访，我打发他们走。他们是一群傻子（法语）。"她最后轻蔑地补充道。

最终证明，事实并非如此。记者是一个神色憔悴又看上去聪明的小伙子，瘦削的双手紧张地摆弄着麦克风。他似乎对死去作家的作品非常熟悉，开始时引用了一部作者年轻时期的作品。在他机敏与从容的举止下，她捕捉到了一丝轻微的局促与尴尬。他请她解读他的一句众人皆知的句子，这句话已然成为一代人的象征，甚至以积极的含义被学校收入了课本里，当然，因为学校教材也是追求积极的一面。这里他问她，在人的定义中，是否有一丝反讽，并不忠实于字面意义的伪装的负面暗示。这个影射让她感到开心。它让她可以在这个伟大作家遗孀的角色中躲避，采取一个避实就虚的回答，而遗孀是可以从领带中揭露其品位的人。

所以她的回答是令人消除警惕的老一套，如此地不恰当但恰恰满足了记者的期望。

它绝妙地证实了她是一位聪明而又不显山露水的女性，一位最佳伴侣，她能提供珍贵的一手资料。而所有这些又不可避免地导致生平信息的泄露，一种微妙的泄露，因为小伙子很有礼貌，并且代表电视观众希望她讲述一小段他们生活中的故事。其实是他生活中的故事。而她必须讲述——为什么不呢？——一个富有道德感的故事，那是自然的——带着高尚的道德感，因为公众喜欢高尚，尤其是普通民众。当她这么说时，她感受到了对自己的愤怒，因为她更渴望讲述的是一个截然不同的故事，自然也不是在强光灯下对这个彬彬有礼的小伙子。她微笑着沉默了，带着一种疲倦又高贵的神色。

去大教堂的路上，她什么都没留意，除了纷乱的、一晃而过的影子，这些影子使她困惑，因为她捕捉到它们，却没有挽留。他们带她上了一辆黑色汽车，覆在灰色中的车身，一个静默的引擎，一个沉默的司机。葬礼上，也是这样，她在那儿却又不在那儿，她只是将身体带到了那儿，却听任思绪随意地在记忆的地图上漫游。巴黎、卡普里岛、陶尔米纳，随后出现了一个简陋却风景如画的小别墅，这个小别墅几乎是有趣的，她没法确定它的位置。她将注意力集中到一个房间里，回想起这个房间不值一提、又栩栩如生的细节——一张朴素的黄铜床，床头挂着一张根据民间圣像构图法绘制的圣家族画，不可思议的是，她想不起来它所在的地点了。它在哪儿？这时，主教结束了冗长的且极高水准的悼词。她觉得冷。而这，她想，是唯一的感觉。而且是唯一她能注意到的感觉。她的腹部冰凉，就像一大块冰顶着腹壁，以至于在葬礼接下来的时间里，她不得不用双手捂住小腹。然后寒气开始扩散到她的四肢，除了双手，她觉得双手发烫，但肩膀和前臂，还有双腿和脚，都失去了知觉，就仿佛冻僵了，尽管她还可以断断续续地动动脚趾。她瑟瑟发抖，而且她无法掩饰。为了避免牙齿打战，她咬紧牙齿，直至她感觉面部和颈脖处的肌肉开始变得僵硬。弗朗索瓦丝觉出了她的不适，将她的手握在自己手中，在她耳边悄声说了几句她没听清的话，也许是说她可以离开。但此刻已没必要了，因为葬礼已经结束，灵柩从中央通道抬出去了。不知不觉中，她发现自己上了来时的同一辆车，同一名司机将送她回家，车上，弗朗索瓦丝将自己的大衣披在她身上，并伸出一只手臂搂住她的肩膀，试图让她暖和一点。要礼貌地和这样的陪伴道别并不容易，如何巧妙而坚决地传达给弗朗索瓦丝，她并不需要她留下来过夜，她只想一人回到那个大而空阔的房子里，有任何需要女仆可以照料，这是她独自度过的第一个夜晚而她想独自进入她的孤独中。

她终于摆脱了她，弗朗索瓦丝眼中闪着泪花给了她一个吻。她踏入寂静的门厅，旋即按铃喊来了女佣，告诉她可以回去，因为没有任何事可做，除了请她拔掉电话线。上楼的时候，她听见讨厌的中国挂钟敲了七下。她在楼梯转角处停了下来，几乎贪婪地打开了挂钟的小玻璃门，然后她用手指拨快时针，到八、九、十、十一、十二点。当指针指到十二时，她对自己说：已经是明天了。然后她又让时针转了一圈，她说：是后天了。然后她又回拨指针，钟摆顺从地以倒计顺序敲响了递减的钟点。她重新回到楼梯，进到书房，房间里隐约有一股陈旧的烟味。为了驱散那股味道，她点上一支香，打开了窗户。此时雨下大了。女佣事先在壁炉里备好了一小堆垒成尖塔的木柴，夹杂引火的饱含树脂的松果，只需划一根火柴，火焰顷刻间便燃烧、跳跃，火焰如此明亮，以至于都不需要房子中央的吊灯。她关了灯。然后打开保险箱，取出红木匣子。手稿整整齐齐地叠放着，用橡皮带绑着，如同纸钞。每一摞手稿上都有一个日期，还有作者的签名。她将它们全都拿了出来，一一过目。难以选择。她想到了小说，继而放弃了那个想法。小说最后再说，或许二月份。戏剧也不行。她看了一下其他堆的情况。诗歌也许是一个好的选择，但日记更好。她在手中掂了掂分量，瞟了一眼稿纸，300，是最后一页上用铅笔书写的页数。上帝啊！她在壁炉前的扶手椅上坐下来，将第一页揉成一个纸团，这样无须前倾就能将它扔进火里了。纸团在变成灰烬之前，先变成烟草的颜色。她靠在椅背上，望着天花板。这个冬天会很漫长；而现在它才刚刚开始。她感到眼泪从她的眼眶中漫溢出来，而听任它从她的脸颊上流下，不绝于缕，不可抑制。

谜

今晚我梦见了米里亚姆。她身穿一件长及脚踝、远看似睡衣的白衬衫，沿海滩前行。巨浪汹涌，令人心惊胆战，又无声无息地碎裂成飞沫。那应该是比亚里茨海滩，但海滩上却不见半个人影。我坐在一张躺椅上，是一长列漫无边际的无人占用的躺椅的第一张；但它也可能是另一个海滩，因为我并不记得比亚里茨有那种躺椅了，也许它只是海滩的某个意念。我扬臂招呼她，请她坐下，但她继续前行，似乎没注意到我，两眼直愣愣地望着前方。经过我身边时，一阵寒风，就像她自身携带的光环，向我袭来：于是，怀着梦境中常有的惊奇，我意识到，她死了。

有时候，只有这个方法才能令答案显得可信：做梦。也许是因为理智是可怕的，它无法填补事物间的缝隙，从而实现完整，这种简单的表现形式。理智更喜欢复杂，以及复杂所包含的所有缝隙，而正因如此，意志将答案托给了梦境。但明天，或许哪一天，我将梦到她还活着，她将走近海边，回应着我的呼唤，在比亚里茨海滩，或在另一个想象的海滩，在我身边的躺椅上坐下，像往常那样，用一种慵懒、感性的动作梳理头发。眺望大海时，她将指给我看一只帆船或一朵云，并且大笑，我们一起大笑，为我们终于成功地双双越狱，抵达了那个地方。

生活是一场约会，我知道我在说陈词滥调，先生，只是我们从来不知道我们会在何时、何地、怎样，以及与谁赴约。为此我们会想：如果我说了这句话而不是那句话，或者说了那句话而不是这句话，如果我起晚了而不是起早了，或起早了而不是起晚了，我或者会难以察觉地有所不同，或许这个世界将会难以察觉地不同，不过也许还是老样子，这我就不好说了。比如，我就不会在这里讲一个故事，让你猜一个没有答案的谜，或者有一个既定答案的谜，答案司空见惯，只是我却浑然不知。于是，偶尔，其实次数很少，当我和朋友们喝酒，我会把这个故事讲给他们听。我说：让你猜个谜，看你猜不猜得出来。然而，你为什么对谜感兴趣？你是否对填字游戏或其他类似的游戏感兴趣？还是仅仅是因为你喜欢观察他人生活的无聊的好奇？

一次约会和一趟旅行，我指的是作为生活的定义，这太陈词滥调了；它被说了很多次了，而在一次大旅行中又会有许多其他的旅行，我们无关紧要的旅行遍布这个地球表面，这也是旅行，但去哪儿旅行？这统统是个谜；也许你会觉得我有点奇怪。但是，那时，我来到了一个静止的时期；我陷在了无聊的沼泽中，在一种一个人不再年轻但是也并未完全成年的无精打采的情绪中，这个人仅仅是在等待着生活。

然而，米里亚姆出现了。"我是杜·特雷伊尔伯爵夫人，我必须赶往比亚里茨。""我是卡拉巴侯爵，但我一般不出我的领地。"它就是这样开始的，就是这样的对话。我们在圣德尼门附近的"阿贝尔"酒馆会面，那是一个不怎么适合伯爵夫人们常去的地方。下午，在我的汽车修理店打烊后，我会上那家小酒馆喝上一两杯，如今它已经不在了，取代它的是那种售卖人肉电影的小店，这就是这个时代。阿贝尔希望能葬在拉雪兹神父公墓，因为那里有普鲁斯特，但我认为他最后会在郊外的伊弗利公墓，这也是这个时代的另一个表现。以前是另一个时代，我不想作出怀旧的样子，但它确实是另一个时代。你看现在的汽车，它们的发动机全都经过压缩——你可以将它包进一块手帕中，甚至拆汽化器都没有空间。虽说阿贝尔并不是我真正的合作伙伴，但他像是我的伙伴，因为很多车都是他弄来的。他曾是赛车手，当然还是在有沥青碎石路面之前，赛车时得戴特殊的护目镜遮蔽尘土。他个头瘦小，长期站在吧台后面让他变得忧郁，只在喝多一杯后才会开怀大笑，那时候，他会将阿尔萨斯啤酒倒入杯中，将酒杯甩到吧台上，像美国西部牛仔片里那样，大呼："速度！（法语）"速度伤害了他，但不算太严重，他只是一条腿有点瘸，左手抓不紧东西。是他弄到了阿古斯特涅利的汽车，其实就是普鲁斯特的。谁知道他怎么弄到的。阿古斯特涅利是普鲁斯特的司机，一个不错的小伙子，他俩一起参观了诺曼底所有的哥特式主座教堂。我不清楚他俩之间是否有过什么，这并不重要。你知道普鲁斯特有他自己特殊的癖好。不管怎样，继续刚才的话题，在大学文学专业一年级时我写了一篇文章，当时我想是不是可以把它写成我的毕业论文，但最后我都放弃了；索邦大学和那些教授，对我来说似乎毫无意义。我的论文题目应该是《普鲁斯特怎样看一辆车》(法语)，自然，我对普鲁斯特不感兴趣，我感兴趣的是他的车。于是，一个晴朗的天里我作出决定，将它分两期发表在了一个三流杂志上，一个模仿《时尚芭莎》的拙劣出版物（我不告诉你杂志的名字，这样你就找不到它）。天知道杂志怎么到了阿贝尔手里。但他觉得挺正常，所有东西都会落入他之手。然后，你也知道生活是怎么回事，它如同一块梭织布，所有丝线纵横交错，有一天我总会看到它全部的图案。就这样，一天晚上，我胳膊下夹着一本那期杂志，走进了"阿贝尔之家"，点了一杯酒。我之所以在圣德尼门周边转悠，是因为有人告诉我那里有一位老人经营着一家汽车修理店，他专修老爷车。我对汽车的机械部分了如指掌，我是在默东区[①]的一家汽车修理店长大的，就是塞利纳居住的那个城区，但我从未见过他，据说他脾气很坏，却是个好大夫，至少表面上如此，尤其对穷人。阿贝尔见到我胳膊下的杂志，"里面有一篇谈论普鲁斯特汽车的文章，"他说，"是一位署名卡拉巴侯爵的疯子写的。""我是卡拉巴侯爵，"我说，"但如今有点没落了。我在找'天马座'汽车店，有人跟我提到他们那儿招人。"阿贝尔扫了我一眼，想知道我是否在开玩笑。他见我没开玩笑，事实上我有点沮丧。"别难过，小伙子，修理店就在那边的院子里，阿格斯蒂里的汽车也在那里，我上周日把它弄了过来。我在叙雷纳[②]的废车场将它买下的，他们竟然不识货。现在只需修理

---

① 默东区：法国法兰西岛大区上塞纳省的一个市镇，位于布洛涅—比扬古区县。——编者注
② 叙雷纳：位于巴黎西郊的城市，在塞纳河左岸。——编者注

一下，就可以让它跑起来。"

整个夏天我们都在干这件事。"这车不卖，"阿贝尔说，"它将是我走完最后一程的用车，前往拉雪兹神父公墓，后面跟一个小乐队，演奏《路过洛林时》（法语）。"阿贝尔是洛林人，这很显然。我不知道你是否了解普鲁斯特的汽车，想必见过车的照片吧。它好似庞然大物，两盏前灯就像两盏探照灯，确实，在穿越诺曼底的旅程中，他还用这灯来照亮多座教堂的山墙。有时候，他和阿古斯特涅利抵达一地时，夜色已深，他们驶过空阔的街道，进入大教堂广场，会停在一个有些上坡的位置，这样，前灯的光就能稍稍向上，照亮山墙。"阿古斯特涅利。"普鲁斯特会说，一边打开一册罗斯金的书，那是他的圣经。这些都确有其事，全给记了下来，发表在 1907 年的一份《费加罗报》上，标题是《车上的沿途印象》（法语）。自然，我并不确定我们的车就是普鲁斯特的，在阿贝尔买车的废车回收场里已经找不到车本了，想弄清原车主是不可能的，但这车仪表盘上的储物箱里有一副手套，阿贝尔认为，这便是真的。他喜欢这么去想，又有什么不妥呢？只是这辆车并没在他的葬礼上派上用场，但这是另一个故事了。

汽车修理店店主去世时，我将店面接了下来。那之前，它只是在证件上不属于我，但资金早就是我的了。因为店主热朗先生委托我全权经营，而我揽下了好几笔大买卖，这大多是阿贝尔的功劳，是他帮我弄来的古董车。我负责买主，考虑到修理店不适合接待客户，我在城中建了一个总部来做公关的小办公室，那是一个麻雀虽小却大方得体的地方，它位于福煦大道上的一个高尚城区，有一个等候室厅和一个里面全包的办公间，装有软垫的木质屉柜，两张皮椅，一张仿古书桌，门上一块铜牌：天马—古董车（法语）。我一周两次接待客户——周六下午和周日上午——就如广告里说的那样。通常我无聊得要命，因为几乎一个月也没有一个客户，但每年我们只需卖出七八辆车便有盈利了。阿贝尔能找到非常低廉的老爷车，他还联系了马赛的一家汽车厂供给我们便宜得可怜的老古董的零件。我们要做的就是将它们组装起来，而这就很费劲了，但我喜欢这份工作，而且我已雇用了一个给修理店打杂的小工，他是阿贝尔表姐的孩子，一个心灵手巧的小伙子，叫雅克伯，也是洛林人。有三四年的时间，我们什么都修：德拉奇、阿斯顿·马丁、一辆西斯巴诺－苏伊扎、一辆伊索塔·法拉西尼、一辆显赫的白色考德，甚至还有一辆1922年的菲亚特·梅菲斯特①，那可是世界上最漂亮的跑车了，它都不是一辆车了，而是一枚鱼雷，是对1908年梅菲斯特原版的翻版，于1924年打破了世界赛车纪录。客户通常是美国佬，非常有钱，对欧洲发狂，讲一口蹩脚透顶的法语，极度迷恋老爷车，并总想象自己如菲茨杰拉德般地才华横溢而奢靡挥霍，蒙马特、香槟、《在巴黎的天空下》②。就是那样的日子。人们饱受炮弹和屠戮的恐惧，想庆祝，想感受到自己还活着：让我们欢笑作乐吧，生活是个馈赠，得学会享受，别像个生楞呆瓜一

---

① 德拉奇（Delage）、阿斯顿·马丁（Aston Martin）、西斯巴诺－苏伊扎（Hispano Suiza）、伊索塔·法拉西尼（Isotta Fraschini）、考德（Cord）、菲亚特·梅菲斯特（Fiat Mefistofele）均为20世纪上半叶的高级名车，现除阿斯顿·马丁外，均已停产。
② 原文 *Sous le ciel de Paris*，1951年的法国影片，其主题歌与之同名。

样。还有一个埃及人，我们最好的客户之一，一个开朗快乐的胖子，每三个月购置一辆车，"一辆一季"，他说着像个孩子般大笑。他喝起酒来像块海绵，并一辆接一辆地撞毁车。最后他的结局不好：被法国警察逮捕了。至于为什么被捕我就不知道了，据说是政治原因，但是我也不知道。阿贝尔希望我成家，"娶一个妻子，卡拉巴，"他对我说，"你已年过三十了，身边需要一个合适的女人，一个男人修完一天车子后，独自在家做什么呢？时光易逝，不经意间你就会变成一个老人。"阿贝尔有那么点哲学家的意思，就像所有优秀的修理工一样。也许你不会相信，先生，但研究车是非常有益的，一个人能学到很多东西。生活如同一变速器，这里是轮子，那里是泵，然后有一条传动带将所有零件连成一体，将能量转化成运动，和生活完全一样。有一天我要弄个明白，连接我生活中各零件的传动带是如何运作的。思路是一样的，需要打开车盖，花时间琢磨嗡嗡作响的马达，将所有时间、人和事件连接起来说：这是发动机（我生活的状态），这是阿贝尔（发动机），这是我

（连着内燃机的活塞），而这是打出火花让世界转动的火花塞。火花自然是米里亚姆，也许您已经猜到了，但哪个是传动带呢？"不是那个显而易见的东西，那只是一辆皇家布加迪①，"我这么对阿贝尔说，"而是那个真正的、看不见的、连接所有部件的东西，它让一辆车以其特定的行驶方式行驶，以自己的节奏、脉动、加速、速度和减速。"

"不可能拒绝一辆皇家布加迪，"我对阿贝尔说，"我要去。"他望着我。他正在擦拭吧台，我觉得在他眼中闪过了一丝忧郁的阴影。"它会给你带来麻烦的，"他说，"你比我更清楚，但我知道你。这是你的比赛，你一直停留在起跑线上，而跑道就在那里，它在邀请你，你太年轻了，面对风险的召唤不会置若罔闻。"但首先我应该倒行一步，因为我们的对话不止那些，我想说在我和米里亚姆之间，在我提到我是卡拉巴侯爵、我将不出我的领地的时候。"拜托，别开玩笑。"她说。"我不

---

① 原文 Bugatti Royale。

开玩笑。"我说。她于是重复道："拜托了，别开玩笑。"她用一种心不在焉的动作举起杯子，仿佛她将说的是世上最自然不过的事情了，她说："他们想杀了我。"她以一种如同某些见过太多、喝了太多、爱得太深，为此已没必要撒谎的女人的嗓音说话。我像一个傻瓜那样望着她，不知如何作答，然后我恬不知耻，反问道："那对我又有什么好处呢？"她匆匆将杯中的酒一饮而尽，露出幻想落空的忧郁笑容。"很少，"她说，"你说得对，几乎没什么好处。"她在桌上留下一些硬币，起身，以她那疲倦的动作捋了捋头发。"对不起。"她说。她走了。我没挽留她，在杯子旁边，她留下了一盒火柴，上写：米里亚姆，还有一个电话号码。我对自己说：最好别管这事。但接下来的那个周六，我结识了伯爵。我在自己位于福煦大道的办公室内，夏天正在临近，我能望见窗外青嫩的树叶。我正在阅读一个风流倜傥的意大利人撰写的一本书，他于20世纪初驾车去北京，——我不记得书名了，这时伯爵到了。当然一开始我不知道他是谁，他是个矮胖的男人，留着短而略微发红的络腮胡子，不再年轻，海军蓝衬衫，浅色裤子，老式的墨镜，手杖和报纸，像一个腰缠万贯的银行家或律师。他坐下时，做了自我介绍，跷腿的动作有些笨拙，因为太胖了。"我相信我的妻子已与您联系，给了您一份活，"他缓言道，"我想弄清它的条款。"他的声音透露出厌烦，几乎毫无生气，就好像事情与他无关，他只想用一张支票来尽快打发掉这些麻烦。"我们有一辆老爷车，"他继续道，"是一辆1927年的皇家布加迪，我妻子执意要把它带去比亚里茨参加圣塞巴斯蒂安公路赛。"就像我猜到的那样，他取出支票本，填上一个对我来说远超过布加迪价格的数目，然后签了字。他满脸不胜其烦的表情，我则被点燃了，但我尽量控制住自己。法国不缺司机，在报上刊登一则简单告示，您家门口便会冒出一堆仆人，至于我，现在，抱歉，我很忙。我差点这么说时，他却抢先一步："我希望你不要接受我妻子的提议。"他将支票递过来，支票夹在手指中。而我则由于吃惊，愚蠢地盯着他。同时我有一种直觉，整件事中有什么蹊跷，太过于含糊、自相矛盾了。不知道为什么，应该是直觉吧，我说："我不知道您的妻子，我也从未接到什么活，我不知道您在说什么。"这次轮到他吃惊了，我敢肯定，但他神色不变。他撕掉支票，将它扔进了废纸篓。"如果是这样，请原谅我的打扰，"他说，"应该是我的秘书弄错了，再见。"他一出门，我便拨打了那个电话。接电话的是巴黎饭店。"伯爵夫人和伯爵先生都不在家，您想留言吗？""是私人留言，请告诉伯爵夫人，卡拉巴侯爵打来了电话，就这些。"

那真是一辆皇家布加迪，一辆驾驶座上不安车篷的汽车，我不知道这对你意味着什么，先生。如果它不意味着什么，那完全是不可理喻的。我和阿贝尔一起去了安茹①码头上的一个小停车场取车，一扇木门的后面，是一个英国家庭式的长满青苔的小院子，塞纳河就在下方流淌。阿贝尔无法相信自己的眼睛，"这不可能，"他翻来覆去道"这不可能"，一边抚摸着纤细修长的汽车挡泥板。我不知道您能否理解，但布加迪体现了

---

① 法国旧制度下的一个行省，位于曼恩—卢瓦尔省。——编者注

理想的女性肢体，一位躺着双腿前伸的女性。那是一款精美绝伦的车，车身完美无瑕，除了几个虫蛀小洞，和一处撕痕，锦缎丝绒质地的内部装饰面料也保护良好。主要问题，至少初步看来，出在轮子和排气管上。发动机似乎并未受到车子长期不用的影响，只需有人将它从蛰伏状态中唤醒就行了。我们成功唤醒了它，将车子开回了修理店。车盖上的大象标志不见了，那是唯一令人不开心的坏消息，因为不可能驾驶一辆没有大象标志的皇家布加迪去参加公路赛。也许你不知道，或从未注意到，布加迪车盖上，就在拱形进气栅栏的顶端，有一个银色小象。那是埃托莱[①]的弟弟伦勃朗·布加迪的雕塑作品，它不仅是一个商标，就像劳斯莱斯[②]的展开翅膀的胜利女神或帕卡德[③]的天鹅，它是一个真正的符号，像所有其他符号一样神秘难解。它是一头用后腿站立的大象，象鼻坚挺，像在发出进攻的咆哮，或是在交配。

---

① 埃托莱·布加迪（Ettore Bugatti，1881–1947），布加迪汽车厂创始人。
② 劳斯莱斯（Rolls-Royce）的简称。
③ 原文 Packard。

而如果说这两者同时进行是否又太肤浅？也许吧，但您想：一辆舒展仰卧的皇家布加迪，正在爬一个浅坡，它的襟翼向前叉开，沉浸在随时准备加速的陶醉中，连同那美妙的进气格栅，网格后面跳动着能量和生命，上面是一头鼻子坚挺的大象。

我不想插手。阿贝尔给巴黎饭店去了电话，万一伯爵夫人知道大象在哪儿呢。"它就是弄丢了；不管怎样，总之是丢了，"阿贝尔说，"车子很长时间没开了，他们说需要定制一个复制品。"于是我们必须在三周内想出一个法子，那段时间，我们将发动机和车身修整一新。一个气缸需要细微的调整，但那不算什么大事。装饰面料供应商是个头脑灵活的年轻人，在勒佩尔蒂埃街上开了一家店面。他把这些古老的纺织品送给一个修道院中的修女们补缀，没人比修女更能胜任这样的细心活了，相信我，她们修补的缎面看不出一丁点痕迹，所有的针线活都是在面料反面做的，上面会有一堆密密麻麻纠缠的线，如同一个电话线转接站。最糟糕的是大象。倒是有一位雕塑家愿意做一件黏泥复制品，再镀上金属的外表，但路上的颠簸会使它开裂，行不通。最后阿贝尔想到了一个专做细活的木匠师傅，他住在玛莱区，也是洛林人，我意识到这个故事中充满了洛林人，一位用自然主义手法制作木雕的老人。大象的照片我们不费吹灰之力就找到了，我们将它们带去老人那儿，加上尺寸，跟他说做一件所有细节都一模一样的仿制品。之后还有上色的问题，但效果还算过得去。当然，停车时，如果有人细察雕像，还是会看出是假的，但车一动起来，它便像是真的了。

那天上午，我们的出发是一件大事。阿贝尔完全陷入了父亲的角色，不停地问我缺不缺这个，带没带那个。前一天我买了一个皮箱，那辆车和那趟旅行需要一个与之相配的皮箱，我还买了一件奶油色亚麻外套，一件翻毛皮外套，一条意大利丝巾。当我到巴黎饭店时，一个穿制服的门卫为我打开车门，并向我鞠了一躬，当我请他给伯爵夫人打电话时，我真觉得自己是卡拉巴侯爵。一位行李生提来了一个小行李箱和一个化妆箱，她在丈夫的陪伴下走下台阶，心不在焉地跟我打了声招呼，上了汽车后座。于是那天第一件令人吃惊的事发生了。我一直担心与伯爵见面，我想说，我不愿意见到他，但他跟我打招呼，就好像我们从来没见过面似的，角色扮演完美无缺。那是六月末的一个周一。"一周后在比亚里茨见，亲爱的，"他用亲昵的语调说道，"如果愿意，你可以派你的司机去火车站，我那班车晚上八点三十五分到站，要不，我们在皇宫大饭店见。"我挂上第一挡，她探出车窗，朝她丈夫挥了挥手，简单作别。

第二个惊奇发生在她对我说，走6号国道，还有她的语调。那是一种干巴巴的、斩钉截铁的语调，似乎出自一种强烈的意愿，或恐惧。我反驳道："那不是去比亚里茨的路。""我想走另一条路，"她生硬地回答道，"您若不反对的话，我将不胜感激。"随后是第三个惊奇，因为我在"阿贝尔"酒馆认识她时，她显得如此脆弱，如此一目了然，似乎从她的脸上便能知悉她的生活；现在她却隐匿在一个矜持和疏远的面具后面，隐匿在一个名副其实的伯爵夫人的身份之中。

还有，她很美，这是自然，但这不令人吃惊，但那天对我而言她风华绝代，因为我明白，世上没有一种美能胜过女性之美，您明白我的意思，先生，而那让我陷入一种疯狂。与此同时，布加迪沿着法国平缓怡人的公路行驶，就是那种水平延展、起起伏伏的公路，因两旁栽的梧桐树而显得更加空阔。我身后的道路不断隐去，我前方的道路连绵展开，而我则沉思着我的生活与对生活的厌倦，阿贝尔对我说的话，我为自己从未品尝过爱的滋味感到了羞愧。当然不是指肉体之爱，那个，我像其他人一样也经历过了，而是真正的爱，那个在内心燃烧，迸发而出，同时像发动机一样运转，驱动车轮前行的爱。一种懊悔，一种对平庸或怯懦的自我意识。至此，我的车轮开始转得既缓慢又懒散，已经驶出很长一段路了，我却连一处风景都没能记住。现在，我在另一条不往任何目的地的路上旅行，与一位美丽又疏远的女性为伴，她在逃离或躲避我所不知道的事情：那是一次穿越法国的徒劳的比赛，我相当确定，在一条以前走过的一样空阔的道路上。这是在那时，我真正在思考的。利摩日①距我们不远了，我们驱车在田野间，农人们正在果园中忙活。利摩日，那时我想到，利摩日与我的生活有什么关系？我将车靠近路边，停了下来。我扭身对着她，说："听着。"但在我能继续之前，她极其温柔地用一只手指封住我的嘴唇，轻声道："别犯傻了，卡拉巴。"她没说其他话，下了车，坐到了前面我的身边。"往前开吧，"她说，"我知道我们在走一条荒诞的路，但或许一切都是荒诞的，而我有我的理由。"

抵达一个陌生的城市，知道在那里你将以一种从未体验过的爱去爱，那是一种奇妙的感觉。正是这样的。我们在一家傍河的小旅馆停车，我已想不起来经过利摩日的河流的名字了，一间贴着褪色墙纸的房间，普通的家具。那些年很多旅店都是那样的，只需看一眼让·迦本的电影就明白了。米里亚姆让我告诉旅店老板她是我妻子，她不想提供个人信息，而那家旅店也不需

---

① 利摩日（Limoges）是法国中部的一座小城，散发着静谧安详的气息，尤以陶瓷生产闻名，号称"法国的景德镇"。——编者注

要夫妻双方都提供身份证件。从客房的窗口能望见河水和岸边的柳枝，夜晚很美，我们天色泛白时才入睡。我问她："你在逃避谁，米里亚姆，告诉我，你的生活怎么了？"但她用一只手指覆上了我的嘴唇。

一个荒诞的旅程，我已经说过了。我们先是南下罗德兹，随后驶往阿尔比的葡萄园，因为想看一处风景。我以为是一处自然景观，但它却是一幅画，我们找到了。然后我们绕过图卢兹，前往波城，因为她母亲在那里度过了童年，我喜欢想象她还是孩子的母亲时在一个我们找半天也没找到的寄宿学校中住读的情景。那是我第一次琢磨我女伴母亲的童年，那种感情既新鲜又奇特。随后我们参观了波城的建筑，壮观的广场、房子，阁楼白色窗子悬在铺屋瓦的屋顶下，我想象着在波城一扇那样的窗户后面，过一个冬天的情形，我想对她说：听着，米里亚姆，让我们放弃一切，来这里生活吧，这个冬天，在一个谁都不认识我们的城市，在一扇那样的窗户后面。

抵达比亚里茨时已是周六了，公路赛翌日进行。

我以为我们会去皇宫大饭店，我们会开两间房，但她选择了另一家酒店，英国大饭店，让我以我的名字办理入住，豪华酒店也不要求女士提供证件。很显然，她在把自己藏起来，而我们初次见面时她那句奇怪的话一直萦绕在我心头，那个话题她一直拒绝再提。于是我搂住她的肩膀，望着她的眼睛——黄昏时分我们已经走上了比亚里茨海滩，地上栖息着海鸥，据说那是变天的预兆，一些孩子在玩沙子。"我想知道。"我说。她回答道："明天你就知道了，赛车后，明天晚上，我们在这处海滩见面，驾车兜兜风，请你现在别再追问了。"

赛车要求每位车手都必须穿着他那辆车所属年代风格的服装。我买了一条裤脚在膝盖下收紧的灯笼裤和一顶带帽舌的浅色帆布帽。"这是一场木偶戏，"我对米里亚姆说，"这不是一次赛车，而是一场时装秀。"但她说不是的，说我会看到的。那不是一场真正的比赛，但接近一场比赛。整个赛程完全沿海岸线展开，充满了盘旋于大西洋悬崖绝壁上的弯道：比达尔、圣让德吕兹、多尼巴内，一直到圣塞巴斯蒂安。我们三车一组出发，抽签决定，不考虑车型，反正有计时器，最后的成绩根据各车的功率计算。和我们一同出发的是一辆1928年的西斯巴诺－苏伊扎，布洛涅车型，还有一辆火舌般鲜红的1922年的兰伯达①，一辆不同凡响的车，怪不得墨索里尼将兰伯达选为私人用车，但另一辆也毫不逊色，典雅尊贵，深绿色的双门斜背小汽车，长长的铬合金车盖。我们是最先出发的，上午十点。那天，大西洋天色晴好，清风习习，白云不时掠过太阳。西斯巴诺－苏伊扎像炮弹一样射了出去。"由它去吧，"我对她说，"我不想让别人控制节奏，我想超的时候再超过它。"兰伯达走在我们后面，可说不急不慢。驾车的是一个上唇蓄着一撮黑胡子的小伙子，与一位年轻女性做伴，可能是有钱的意大利人，他们微笑着，时不时向我们打一声招呼。圣让德吕兹之前，他们在所有弯道上都一直尾随我们，然后在边界小镇昂代伊超过了我们，又在驶往多尼巴内的直行公路上放慢了速度。他们恰恰是在直行道

① 原文 Lambda。

上减速，我觉得很奇怪。我们在抵达伊伦前超过了西斯巴诺，现在我故意踩下加速器，我估摸兰伯达也会加速，然而它却轻易地让我们超过了它。他们和我们并行了约莫一百来米，女孩笑着，向我们招手。"他们是出来度假的。"我对米里亚姆说。到了直行公路尽头，我们发现他们紧随在后，准备超车。那里有两个紧急连续的险弯，我们前一天晚上已经试走过一遍，对此留下了很深的印象。当他们追上来，将我们挤进悬崖边时，米里亚姆开始惊叫。我下意识地踩下刹车，接着又马上提速，去撞上兰博达。那是一记猛烈、快速的撞击，但足够让兰博达偏向公路左侧，与安全护栏摩擦着前行了二十来米。我在后视镜里看到它撞上一根电线杆，撞掉了一块挡泥板。然后打滑到路中间，又回到公路左侧，最后它停下来，搁浅在了一堆砾石上。显然车上的人没有受伤。我浑身上下湿透了，是冷汗。米里亚姆紧拽住我的胳膊，"别停车，"她说，"请别停下。"我继续行车，圣塞巴斯蒂安就在我们的山脚下，我相信没人目击到发生的事故。驶过终点线后，我驶入露天搭建的临时维修站，但我没有下车。"这是蓄意的，"我说，"他们是故意这么做的。"脸色惨白，她什么也没说，似乎僵成了一尊石像。"我去找警察，"我说，"我要报案。""求你了。"她低语道。"但你不明白他们是故意的吗？"我大喊道，"他们想害死我们。"她望着我，脸上半是失魂落魄半是哀求的表情。"你可以负责汽车，"我于是说道，"让人把保险杠弄直了，我到附近走走。"我下车，砰地关上车门，汽车没受什么重大损伤，整件事似乎只是一个可怕的噩梦。我漫无目地在圣塞巴斯蒂安闲逛，还去海边走了走，矗立着白色19世纪末风格建筑的圣塞巴斯蒂安是座很美的城市，然后我进了一家超大的咖啡馆，墙上悬挂着许多镜子，是只在西班牙才能见到的那种咖啡馆，旁边带着餐厅——我吃了一盘炸鱼样的东西。

米里亚姆在靠近维修站的车上等我。她已经平静了，重新补了妆，惊惧已经消散，修理工扳直了保险杠，比赛结束了，观众正潮水一般离去。我问她我们是否赢得了什么名次。"我不知道，"她答道，"这不重要，我们回酒店吧。"我没留意时间，应该是下午三点左右吧。抵达伊伦之前，我俩都没说话。在边境，警察见我们是去参加公路赛的参赛车，挥挥手让我们通过了，我们又回到了法国。直到这时，我才有所意识。我是偶然意识到的，因为太阳在我们身后，它照在车盖塑像上的反光很耀眼，仿佛是在一面镜子中闪烁。去的时候是上午，太阳也在我们身后，但反光并不晃眼，因为镀铬层的反光被木料吸收了，失去了光泽。我停下车子。无须下车检查，我已十万分地肯定，"他们调换了大象，"我说，"这是一尊金属小雕像，是钢是银，我不清楚，但不是原来的那尊。"然后我又想起了另一件事，有些荒唐，但我说了出来，"我想知道这件事背后都有什么。"米里亚姆望着我，脸色苍白。她再次面如死灰一般惨白，如同事故发生的一刻那样，我觉得她在哆嗦。"我今晚告诉你，"她说，"求你了，我丈夫数小时后就到了，我想离开这里。"于是我问："是他让你害怕吗？我认识你时，你向我坦白了一件事，记得吗，是他让你害怕吗？"她抓住我的手，浑身发抖。"我们走吧，"她说，"求你了，别再浪费时间了，我想回饭店。"

我们激烈地做爱了，几近是痉挛的，似乎那是受制于求生欲望下的最后行为。我茫然在床笫之间，没有入睡，我以一种昏昏欲睡的状态躺着，任我的思绪自在地漫游，从一幕到另一幕。我的眼前出现了阿贝尔和天马汽车修理店，继而是波城的广场及阁楼，一个小型金属象，接着是一条临海绝壁上的公路，米里亚姆站在悬崖边上，伯爵蹑手蹑脚地走近她并将她一推，她掉了下去，将从不离身的皮包紧抱在胸口。这基本上是我思绪的轨迹。随后米里亚姆从床上起来，去了卫生间，我的右臂滑向地板，寻找那个小包。我悄悄打开包，将手伸了进去，我感觉到一把手枪的枪托，不自觉地，我拿上枪，迅速起床并穿上了衣服。我看了一眼手表，有的是时间。当米里亚姆走出卫生间，她一下子就明白发生了什么。但她没表示反对。我让她收拾行李，在饭店等我。"不，"她说，"我到海滩等你，我害怕一个人在饭店客房里。""九点三十见。"我说。"把车留给我吧，"她说，"为谨慎起见，你最好还是打一辆出租车。"我下楼付了房费并叫了一辆出租车，起雾了。我在火车站附近下了车，并在大街上溜达了一会儿，想着我该怎么办，并且清楚地知道其实我毫无头绪。在那里等一个我这辈子才见过两次的男人，这显得非常可笑。为了干嘛，为了威胁他，为了告诉他我知道他图谋杀害自己的妻子？如果他不放弃他的意图……如果他有所反应，我该怎么办？我在衣兜中把玩那把像玩具似的手枪，站台上的乘客不多，扩音器通知火车进站了，我躲在月台上一根柱子的后面，装作平常的样子。毕竟，他认识我。我思量着：我是在这里应付他呢，还是在路上跟踪他？我握枪的手变得汗津津的。这时乘客开始下车，一群无忧无虑的西班牙人，一个带着两个金发孩子的保姆，一对年轻夫妇，几名游客：人不多。最后是列车服务员，他们提着扫帚和水泵，打开了所有车门，开始打扫卫生。几秒钟之后我才意识到，他不在那列车上，一旦我意识到这点，我突然深感恐惧。不完全是恐惧，而是一种极度的焦虑。我匆匆跑过车站大厅，叫了一辆出租，让他带我上皇宫大饭店，我也可以走着回去，但我着急赶到那儿。那是一家富丽堂皇的饭店，是比亚里茨最古老的饭店之一，白色外墙，巍峨壮观，却又透出轻盈。前台服务员细细查看了一遍登记簿，从头至尾又从尾至头，用手指掠过每位住客的名字。"不，"他说，"这个名字不在住客名单中。""也许他还没到，"我说，"请您查一下预定，应该是一位先生和一位女士。"他拿起预定登记簿，以同样的细心浏览了一遍。"不，先生，我很遗憾，但我们没有以这个名字做的预定。"我请他给我电话，我拨通了英国大饭店。"太太在您走后不久便离店了。"前台说道。"您肯定吗？""完全肯定，她将客房钥匙交还给了我，开车走了，行李是行李员给放到车上去的。"我走出皇宫大饭店，步行前往海滩，不过几步之遥。我下了石阶，缓缓走在沙滩上，已是九点三十了，空中起了大雾，大海涨潮了，有时候，比亚里茨的夏夜还挺凉的。在我们约定的地方有一个公共浴场和一排躺椅。我听见比亚里茨钟楼的大钟敲响了十点，继而是十一点，继而是十二点。我的衣兜中还揣着那把手枪，我很想将它扔进海里，而我却做不到，我不知道为什么。

您知道吗，有一次我甚至在《费加罗报》上刊登了一则启事？《丢失的大象寻找1927年的布加迪》。好玩，不是吗？但那是多年前的事情了，现在我觉得可笑。哦，您让我喝了太多的酒，先生，但是就喝酒来说，您是一个不错的酒友。您知道，有时候，酒过三巡，现实会变得简单，事物中的裂隙就会弥合，所有事情似乎都能连上，而你会对自己说：我明白了。犹如梦中。

但您为什么会对别人的故事感兴趣呢？您肯定也有无法填补的缝隙吧？为什么你对自己的梦不满意？

魔　法

比如，你看，这是我父亲的两只脚，我管它们叫作君士坦丁·德拉加斯，他是拜占庭帝国的末代皇帝，骁勇善战又非常不幸，他遭到所有人的背弃，只身一人在城墙失守处阵亡了。但在你的眼里，它们仅仅是两只赛璐珞脚。我上周在沙滩上发现的，海水有时会将支离破碎的洋娃娃冲上沙滩，我发现了这两条腿，马上就认出是我爸爸的，从他所在的地方，他给我捎来了一对他双足的模型，多少满足我的记忆，我感觉到了，我不知道你能否明白。

我对她说，对呀，我当然明白，但是，我们总可以玩一个不同的游戏吧，一个露天游戏，在花园里。家里人都在睡觉，当大家都在午睡，全家一片宁静时，偷偷地溜出去，这多惊险啊。无论如何，要是她确实不愿意出去，我们也可以趴在她房间的地毯上阅读《歌剧魅影》。这次我将纹丝不动，不打扰她的朗读，我发誓。当她靠近我的耳朵，轻声为我读书时，我感觉像在做梦。我将是你谦卑的听众，我发誓，克莱丽乌恰①。这么说着，我发现事情全给我搞砸了，我想抽自己的耳光，我这该死的冒失的毛病，它老是让我将克莱丽乌恰与不幸的女巫梅露西娜混为一谈。她透过唯一的镜片，恶狠狠地扫了我一眼，随后摘掉了那副一块镜框上装着硬纸板的可笑的眼镜，听任聚焦能力欠缺的左眼滴溜溜地转悠。她生气时，这缺陷便尤为突出。对梅露西娜来说，话语很重要，她应该向我翻来覆去地重复多少遍呢？因为言语即事物，当然当然，她没必要跟我重复个没完，我完全明白，是事物变成了纯粹声音的幽灵，对这个世界上的东西，你要非常小心，因为

①克莱丽娅的贬义或带有揶揄戏谑色彩的昵称。

他们非常敏感，就是这样。但是，如果她不说她左眼聚焦能力欠缺，而是直截了当地称斜视，怎样提她的斜视才不至于冒犯她斜视的毛病呢？倘若她不烦躁的话，这毛病都不怎么看得出来，加之她有一头金色的长发，无论如何，我喜欢她，我也不在乎她不适合体育运动，我想这么告诉她。但是，在犯下了称她为克莱丽乌恰的不可饶恕的过错后，再跟她谈她不适合体育运动，那将是一场灾难。克莱丽乌恰，没戏了，艾斯特姨妈就是这么称呼她的，也就是因为这个原因，她几乎恨上了艾斯特姨妈，但是你不可能恨艾斯特姨妈的，不论你有多想，因为你怎能恨一个像我母亲那样的人呢？克莱丽娅问我，似乎是为了得到我的认可。千真万确，我松了一口气，立刻回答道：不可能恨艾斯特姨妈的，她太善良了。是傻，她纠正道，没法恨一个傻瓜，我的恨是针对聪明人的，聪明又狡猾的人。我知道她在暗示谁，想要改变话题。并不是这让我心烦，也许只是我兴趣不大，我更愿意到花园里去玩，说来说去，我只比她小三岁，我才不是一个可以小觑的玩伴呢。还有，整天待在家里，在昏暗中，和各种娃娃待在一起，你以为对你有好处？医生难道没有叮嘱你，让你多做体育运动，呼吸新鲜空气吗？我对她说。我望着窗外，生出了去松树林的强烈愿望，几乎是一种折磨。我回想起往年的夏天，似乎明白了今后将会不一样了：即使看门人的孩子，我也靠不上了。才一年，他便一个劲地往上窜，鼻子下长出了细软的髭须，他躲在车库后面抽烟，骑自行车上沿海公路兜风。现在他名叫埃尔曼诺，仅此而已。他再也不会接受为他的曼德雷当洛萨①了，我也觉得没必要跟他提了。还没过去多长时间，一切就全变了。但一切是什么，为什么？我想到克莱丽娅扮演《铁面人》的未婚妻狄安娜的时候，或扮成可怕的女王玛欧娜，耍蛇人，而我和埃尔曼诺则试图发现她那灵丹妙药的秘密：我差不多觉得那是可笑的，就和我理解到她认为它们可笑一样，当她坐在自

---

① 曼德雷（Mandrake），1934 年起开始风靡的连环漫画《魔术师曼德雷》中的主人公，洛萨（Lothar）是他的搭档。

己半明半暗的房间里，阅读卡斯顿·勒鲁[1]、亚森·罗苹[2]和《死亡之吻》。我们在松树林中的逃窜，我们在灌木丛中的偷袭，我们爬上沙丘后望见的大海……一切都结束了，我意识到。现在我们最多会上海滩走几步，在遮阳伞下无聊地待两个小时，周六晚上在安德烈亚·多里亚浴场的咖啡桌上的冰淇淋端出来了。随后一切照旧，日复一日，才过了十天，而夏天好像永远也过不完了。于是我先是想到给爸爸去信，但用什么借口让他来接我呢，仅仅是我已经不喜欢待在那里了？我能告诉他克莱丽娅跟我提到的她新爸爸的事情吗？我不能，我发过誓的，我应该叫他图利奥叔叔，对他友好，就像他对我友好一样。周六，他来时，总会带来两个盒子，一个给我，一个给克莱丽娅，克莱丽娅的盒子中总是装有一个娃娃，因为克莱丽娅收藏娃娃，即使她现在已不和它们玩了。那其他事情，我还要说什么呢？实际上我喜欢

---

[1] 法国编剧、作家，著有《黑衣女子的香气》、《歌剧魅影》等作品，后文中提到的《黄色房间的秘密》也是他的作品。——编者注
[2] 法国作家莫里斯·勒布朗笔下的虚构侠盗、侦探人物。——编者注

图利奥叔叔，他是世上最最快活的人了，有他在，家终于不像一个殡仪馆了。周六晚上他会带我们上安德烈亚·多里亚浴场的冰淇淋店，我能吃两个冰淇淋，包括缀有蜜渍樱桃的"尼禄"卷筒冰淇淋，我还特别喜欢他的着装，一件亚麻外套，打着领结，无可挑剔。他和艾斯特姨妈真是很好的一对，他们去海边散步时，人们都会转过身来看他们，我为艾斯特姨妈感到高兴。她可不能在有生之年一直守寡，我妈说过，我姐姐开始新生活，她做对了，我可怜的好姐姐。所有的人都会这么说的，见她在海边散步，穿一条漂亮的蓝色长裙，留一头年轻女孩的短发，一个挽着丈夫胳膊、忘却了战争恐怖的幸福女人。浴场上的人似乎也忘记了战争，他们全在海滩上玩耍消遣，而我呢，我丝毫不记得什么战争，空袭时，我正在出生呢。但从房子里看艾斯特姨妈的生活似乎并不那么幸福，我完全可以这么说，从第一天起。那天，我抵达时，她把我叫到摆着一架小型拨弦钢琴的客厅里（但为什么在那里接待我，仿佛我是贵客？），恳求我好好玩，如此美好的时光。玩吧，玩吧，我的小伙子，尽兴地玩！作为请求，这挺逗的，因为同往年夏天一样，我来就是为了欢度一个美好的假期。还有，艾斯特姨妈为什么不停地拧搓她的双手呢？对克莱丽乌恰，我恳求你，留在她身边，和她一块儿尽兴玩耍！然后，仿佛泪水即将夺眶而出似的，她突然逃离了客厅。

与克莱丽娅一起玩，这说起来容易。只有在从非洲沙漠刮来可怕的沙尘捣毁屋顶，将沙子吹进客厅，从跌落的花盆撞破的玻璃门一直吹到阳台时除外，在其后的日子里，这照理应该是容易的，但一天是《黄色房间的秘密》，另一天是《卡米拉——女巫皇后的安息日》，还有那些摆在书架上的各式娃娃，昏暗的房间……我再也想不出来该提议玩什么游戏了，我储存的游戏都玩完了。艾斯特姨妈眼中总是泪光闪闪，一副有点心不在焉的神色。午饭后她会回自己房间，在那儿待上一整个下午，然后她会在屋子附近寂寞地闲逛，直到她在古钢琴前坐下，沉闷地弹肖邦的《波兰舞曲》。一旦她开始弹琴，我便不得不踮着脚尖，从这屋窜到那屋，想着玩点什么，尽量躲在弗罗拉严厉目光的视线范围之外，她会责备地望着我，因为姨妈需要休息，而我则总是做一切可能的事去打扰她：为什么我不去花园呼吸一点新鲜空气，嗯？

这使我一下子茅塞顿开。因为我什么都能想象，但就是没想象到那一点。那一刻我感到难以置信，但细思一下，却又是完全可信的。我记得两年前的艾斯特姨妈，一个风趣诙谐又充满活力的女性，她甚至会骑车带我们上海滩，我和克莱丽娅坐在自行车后座上，到达浴场时，她满脸通红，热得都不行了，两眼闪闪发光，没几分钟就在更衣室里换上了泳衣，像一条鱼一般下海游泳去了。应该是发生了什么严重的事件，什么难以置信的事件使她陷入了现在这个状态。发生了这件事，克莱丽娅对我说，我能明白吗？我当然明白，但是谁造成的？克莱丽娅的眼珠发疯般地乱转，显示出极度的焦躁，她的嘴紧闭，仿佛害怕说出那个名字，但无所谓，反正我也明白了。而且，既然巫术是一个恶魔似的人干的，着迷一词就不恰当，附身一词要更恰当一些。我想到图利奥叔叔是撒旦这个念头，我几乎都要笑了，算了吧，他和他的领结，抹着发油的头发，总是那么谨小慎微，我敢肯定，如果她想知道一个秘密，我父亲甚至会认为他相当可笑。好吧，既然我是这么看的，我想要她告诉我这到底是怎么回事，我要她告诉我那个头上抹油、露出恶魔般笑容的人干了些什么吗？他杀害了她父亲，对，打着领结的帅气的图利奥是所有一切的主犯。但是他没有亲自杀人，但他的所作所为跟杀人没什么两样，因为是他向德国人告发了她父亲，她有证据，她发现了一封信，将它抄了下来，她可以让我看，这一切是为什么，我知道是为什么吗？为了迷惑她那傻瓜母亲，为了占有她的财产和她的生活，那就是为什么。这让我觉得太过分了，太不可思议了，但我不能反驳，因为艾斯特姨妈叮嘱过我，让我别和她斗嘴，这有害她健康，会让她发作的。但是，晚上我辗转反侧，梦见身穿军事大衣的图利奥叔叔正在给一个行刑队下令，他的领结探出了大衣的领口。被处决的是安德烈亚姨夫，但我从未见过他，不管怎么说，我也看不见他，因为他离得太远了，背靠着一堵墙，但我知道是安德烈亚姨夫，因为他大吼道：我是克莱丽娅的爸爸！那声吼叫让我在半夜里惊醒。花园里满是蟋蟀的鸣叫声，海滩上空无一人，我静静地倾听大海的潮声，不知听了多长时间，也许直至天亮。但是，一到早上一切就恢复如常，我觉得给爸爸写信的想法就很荒唐。房子这么美，这么明亮，艾斯特姨妈提出让我陪她一起去购买周末要吃的食品，克莱丽娅在用蜡捏制什么玩意儿，似乎心情特别愉快，图利奥叔叔次日会来，他会带我们上冰淇淋店，露天影院正在放映《泰山之子》，也许周日晚上我们会去看电影。此外，承诺就是承诺，我向克莱丽娅许诺了忠诚和缄默。

图利奥叔叔来时带来了一只猫。那是一只前额上有一块白点的黑猫，看着相当可爱。它依偎在一个有布衬里的草篮中，那么幼小，只能用小勺喂它奶喝。它脖子上系着一个粉色的蝴蝶结，取名切切，是送给克莱丽娅的礼物。也许它能分散她的注意力，试试总没有坏处。我听见图利奥叔叔这么对艾斯特姨妈说。我还记得克莱丽娅下楼时脸上勉强的笑容，她向我暗中投来的警示的一瞥，还有一个仓促的手势，我注意到了。但我不太明白它的含义，我猜那手势的意思是，放心吧，别怕。但怕什么呢，说到底？我也记得艾斯特姨妈的微笑，那也是勉强的，或更确切地说，是担心的微笑：她害怕克莱丽娅不喜欢那只小猫，并说出来。然而，克莱丽娅却说它真令人疼爱，像一个小线团。而且她轻松优雅、几乎漫不经心地感谢了图利奥叔叔。但那天她感觉不怎么舒服，此外她还很忙，她必须捏完一个蜡偶。这期间弗罗拉可以先帮着照看小猫，反正猫咪都爱待在厨房，没有什么地方它们更喜欢的了。之后，在她的房间里，我了解到了原因，而我却并不喜欢。我受够了这些谈话，老实讲，也许我最好写信给我父亲，让他来接我。此外，为什么她非得让我担惊受怕呢？好像她觉得怪有趣似的。就在这时，弗罗拉发出了一声尖叫，一声电钻般锥心的尖叫，接着是一声悲叹，一声哀求，还有哭泣，像是濒死的哽咽。克莱丽娅抓住我的一只手，说：天哪。她接着说了一些费解的话，一边做着奇怪的手势，我明白了正在发生什么可怕的事情，什么神秘得可怕而令人憎恶的事情。克莱丽娅摘掉眼镜，将它搁在床上，好像担心会砸碎似的，她的左眼开始狂转，我从未见过它转得如此迅疾，我感到恐惧像发烧一般在体内上升。她的脸色苍白，手攥成拳头，然后她的嘴角发硬，露出了满口牙齿，仿佛她在笑，她往后仰翻在地，直挺挺地躺在地板上，不停抽搐，就好像被电流击中了。我几乎是翻滚着下了楼梯，我记得自己如何狼狈不堪地冲进厨房，地板上满处是油，而我发现得太晚了，几乎摔折了脖子。我记得弗罗拉坐在一张椅子上呻吟，而艾斯特姨妈和图利奥叔叔试图脱下她的袜子；我记得见到脱落的袜子上粘着一条条肉皮时的那份恐惧，它们在弗罗拉的腿上留下了斑斑点点的褐色伤口。我记得自己结结巴巴，说不出话，满嘴恶心，直到我能够使尽全力，脱口大喊道：克莱丽娅快死了。说完我开始大哭起来。

第二天是冷清寂寥的一天。克莱丽娅平静地望着我，好像什么事都没发生，好像前一天晚上她并不在死亡的门槛里。阳光从打开的窗口涌入她的房间，上午过去了一大半，家似乎淹没在等待中。现在，我能明白那个发生在弗罗拉身上可怕的意外是针对克莱丽娅的吗？我现在还能给父亲去信，丢下他们，在那个房子里，我能做到吗？

时光缓缓流淌。午饭时，我们只吃了一小口，而且吃得很晚，因为艾斯特姨妈和图利奥叔叔上午是在医院度过的，他们回来时将弗罗拉带回了家，她腿上绑着绷带，是二级烫伤。当然，没人再提《泰山之子》，谁还有那份兴致呢？向晚时分，图利奥叔叔回城里去了，生活又恢复了一贯的节奏，仅有一个小区别，现在需要小心，格外小心，因为危险在向我们逼近，可能需要尽快采取某种措施。但为什么危险向我们迫近？这是我想弄明白的，为什么将我也卷入其中，这跟我没关系呀，问题只涉及她，克莱丽娅。此外，这个必须尽快采取的措施是什么呢？我的心剧烈地跳动着。暮色正在降临，知了似乎发了疯，其中一个该是落在了窗台上，房间里满是它的鸣声。我望着如数排列在书架上的克莱丽娅的娃娃，我不喜欢那些娃娃，她们暗藏某种恶毒凶险的东西。我望着从床底下小心翼翼地拉出来的行李箱，但我不想看箱子里的东西，我更想离开，真的，求你了，梅露西娜。窗台上的知了突然安静了下来，它的寂静衬托出家中、花园里、静谧夜色的沉寂。必须立刻采取行动，我本该早就意识到这点的，邪恶机制已经开始运行，先是弗罗拉，但目标并非弗罗拉，她清楚这一点，我也清楚。是的，看吧，傻小子，这个蜡制人偶，是我昨晚捏好的，你别将嘴咧得像白痴一样。它只是一个小动物，你觉得像真的吗？她轻轻地笑了，我喊出了那个名字，切切。胡说！傻瓜！他给我的小猫不叫切切，这个名字是他用来欺骗像你这样的笨蛋的，现在我告诉你它真正的名字，马达戈①，是的，这是它的名字，别那么看着我，就好像我是个疯子，我受不了。我知道名字对你没什么意义，但是它对我来说却无所谓，因为它骗不了我。你不知道马达戈是谁，这不奇怪，我们之中没几个人知道，它是别西卜②的猫，他们总是形影不离，

---

① 马达戈（Matagot）：法国南方民间传说中拥有魔法的动物，常为黑猫。
② 原文 Belzebù，即别西卜（Beelzebub），原本是腓尼基人的神祇，在亚伯拉罕诸教中转为最重要的一个恶魔。

猫在他左前方三米开外的地方，为它的主人准备符咒。给我那把裁纸刀。她望着那可爱的蜡偶，就好像它感染了瘟疫，可怜的小东西，简直和切切一模一样，她做得很成功，但我只是不懂。魔力正在笼罩我们，当然了，也包括你，小傻瓜，在那儿像个稻草人一样傻乎乎地站着。注意，别用手去触碰受害者，只能用工具，你应该将它扶起来，也不要再叫它切切了，不然的话，你会搞砸一切的，你不如静气凝神在心里默念，反复地念：这个、恶劣、加丝开特、贝内多、艾飞特、索维玛、恩尼特毛丝[1]。她用裁纸刀去切蜡偶的脖子，蜡偶的头掉下来了，干净利落，蜡块没有裂开，只露出玻璃被石头砸过之后留下的几道白色裂纹，克莱丽娅摘下她头上的白布，吹灭了蜡烛，但我没有念那些咒语。我们明天见，她说，我施了魔法。

游戏就这样开始了，就好像我们是《卡米拉》[2]书

---

[1] 原文头两词为德语，其他均属编造。
[2] 爱尔兰作家乔瑟夫·雪利登·拉·芬努（Joseph Sheridan Le Fanu, 1814–1873）笔下的一个早期吸血鬼的形象。

中的人物。我也终于有要做的事，白天我将不用在客厅里无所事事地晃来晃去了。但第二天，游戏并不像我期待的那样令人兴奋，保证切切一刻不出我的视线，就是我仅有的任务。也许我是女祭司梅露西娜的密使，它是恶魔马达戈，但它依然是猫，其行为依然不出猫的本性，不过一只愚蠢的家猫。上午，它在自己的草筐里打了一会儿盹，迫使我不得不几次三番地进厨房去，或就在附近转悠，让弗罗拉白痴起了疑心，她将我视为她自制果酱的大威胁，好像我馋那些被吝惜地藏在橱柜中的黏稠的混合物似的。快到中午时，切切终于屈尊出了草筐，弗罗拉在一只碗中倒了些牛奶，虽然发生了意外，她显然并不迁怒于它。它像一个被宠坏的小孩，无动于衷地舔着碗沿，然后它继续当它的猫，全无一丝魔鬼的影子，用背蹭着地板，小爪子伸向空中，好像要抓一个猫的玩意。克莱丽娅答应过我，午饭前她会来替我一会儿，但她不守信，于是我只得在门厅小沙发中坐等着，佯装阅读《儿童百科全书》，眼睛不时地瞄一眼厨房门。弗罗拉终于上菜了，她喊我们上桌，艾斯特姨妈捧着一束天竺葵从花园进来，将它们放在了门厅条案上，楼上的摇铃发出一声声金属铃声，在厨房中叮当作响，我自然已经知道那意味着什么，艾斯特姨妈也知道；自然，弗罗拉下楼时，一脸阴沉，克莱丽娅小姐觉得不舒服，想在自己房间用餐。艾斯特姨妈对着盘子垂下头，叹了口气，我将餐巾铺在了腿上。像往常一样，午餐时，谁都没有作声。有火腿香瓜，香瓜很甜，我很高兴再吃一块，但艾斯特姨妈却无精打采地吃着她的那份，她将瓜切成细细的小块，以不可思议的迟缓的速度将它们送入口中，并心不在焉地盯视着桌布。饭后，她起身，说要稍事休息，让我最好也别去外面晃悠，烈日当头，而阳光不利消化，我们六点吃茶点时见。弗罗拉在厨房收拾完后，去了厨房后面小小的长廊，饭后最热的时辰她在那打盹。时钟敲了两下，下午隐隐显现，如同一池寂静的光，而这寂静不时被断续的蝉鸣打破。我又想起给爸爸写信，让他来接我。但他会回复吗？如果信被退回来，上面写着"查无此人"呢？克莱丽娅会怎么说，谁知道她会编什么故事呢？她肯定会说我父亲不像她父亲，不像为迎合她的记忆，竟给她捎来了他双足的复制品，像君士坦丁·德拉加斯，我父亲对任何信息都无动于衷，他完全遥不可及。多么荒唐的念头啊。为什么我爸爸就不会给我回信呢？他肯定会回的。我马上来接你，小子，他会这么说；我明白那个家不是你度假的好地方，我将乘下周六的首班列车，或者最好我去买一辆红色的阿普利亚①，和你在安德烈亚·多里亚浴场前见到的那辆一模一样，我知道你喜欢那辆摩托，你也巴望着我哪天能骑一辆那样的摩托来接你，好吧，我这就去买一辆漂亮的车来接你。如果这周六不行就下个周六，或再下一个，别担心，迟早你会见到我的。

切切从厨房门口溜了出来，左右环顾，似乎决定不下该干什么，我没动弹，假装睡着了。它追逐一只盘旋绕圈的苍蝇，然后它停下身来，迷茫的样子，脸冲着楼梯。如果它开始上楼？这个假设令我顿时出了一身冷汗。我想象到了这会导致的混乱，克莱丽娅的惊叫，也

---

① 阿普利亚（Aprilia）：意大利著名摩托车品牌。

许还会发作。我应该阻止它。然而我不能碰它，克莱丽娅解释得很清楚，碰它即意味着解除魔法，此外还特别危险。还好，切切往回走了，在楼梯的门垫处皱了皱眉和鼻子，舔了舔爪子，并开始着迷地追着自己的尾巴转圈，然后它雀跃三下，跑到了门口，跑到花园里去了。我跟上它，更多是有点事做，而不是出于好奇。反正看得出来，下午既空虚又无聊，写信给爸爸也纯属多余，我知道他迟早会来的，他知道我的心愿，会开一辆红色的车来。怎么又吵起来了？最好别去想它，享受今天吧，包括那只蠢猫，蠢得倒还挺有趣的，它蹦蹦跳跳地追一只蝴蝶，完全无视其他东西，最后撞进了玫瑰花丛中。这令它大为恼火，它愤怒地弓起了背，仿佛遭到了一只狗的攻击。我压低嗓门学狗叫，不想吵到房子里的人，但足够把它吓得毛发倒竖。想要模仿成年猫的蠢奶猫！突然，它侧身一跳，开始往围墙方向疾奔。我意识到了它在逃跑，便想办法让它安静下来，切切，切切，到这里来，咪咪……但已为时过晚。它从铁艺大门的缝隙处钻了出去，穿过了马路。如同在影院中见到的某些慢镜头场景那样，我目睹了一场以令人瞠目结舌的极其缓慢的速度发生的事故。骑小黄蜂摩托车的男人正从它右侧从容驶近，切切停在路边，下不了决心是否要穿过去，男人猜到了它的迟疑，为保险起见，他转到了马路中间的白线上，这时，切切猝然冲上前去，跑到路中央时又停了下来，男人左右摇晃，再次驶向它的右侧，切切一动不动地待在路中间，然后又在小黄蜂距它仅数米远的一刻决定返回去，为避免撞上它，男人危险地向一侧倒下去，但还是撞上了，或许只是擦伤，尽管只是触及皮毛，切切喵呜喵呜地叫唤着，拖着一只受伤的爪子闪进了大门。男人东倒西歪，在路上画出了一条Z字形路线——幸运的是对面没有车开过来——直到车把手从他手中脱落，车身自己完全调了个方向。小黄蜂的挡泥板摩擦着水泥路面，激起一道四溅的火星，而这个男人在地上打了两三个滚，一直滚到路灯杆那里。他立刻站起身来，而我看到他伤得并不那么严重，尽管他的模样令人害怕，裤子摔烂了，一只膝盖红肿，手在流血。被小黄蜂撞到墙上的动静惊醒的弗罗拉第一个赶来，她走到男人身边，扶他进了家里，之后艾斯特姨妈也赶来了，克莱丽娅没来，她应该是躲在她房间百叶窗的后面，没有下楼，想必是给吓着了，我已经能想象她要对我说的话。

危险离我们越来越近，一切都比以前糟糕，有必要打击真正的邪恶方：这是唯一该做的事情，而后天就是周六了。行李箱又被从床底下拉了出来，她用瘦削的双手和啃残的指甲翻弄着那个奇怪的穿白色套装打领结的娃娃，然后她笑了……你喜欢吗？告诉我，他有没有让你想起某个人？好吧，现在让我们拽住这根线，需要打一些结，这里一个细结，那里一个细结，你跟我一起念，不是这样的，傻瓜，必须真心实意，不然，就没用了。最后，像挥舞着匕首那样拿起大针，对准身上最容易攻破的部位，眼睛、心脏、喉咙……我们要做决定，我教你什么，没教什么，我什么也不想教你，现在我们玩的已不是往年的那种游戏，那种只为打发夏天的游戏了。

周六晚上图利奥叔叔带我们去了安德烈亚·多里亚浴场。可惜《泰山之子》已经停映，在放的是一部我们不能看的片子，因为它不适合未成年人，但散步依旧那么美好，那也是因为克莱丽娅同意跟我们一起散步。艾斯特姨妈光彩照人，在她的脸上能看出她深感幸福。我们逛到很晚，因为之后有小乐队开始演奏，艾斯特姨妈点了一杯水果刨冰，我和克莱丽娅坐到了几棵盆栽棕榈树下面，听乐队演唱《妈妈，我的歌只为你飞翔》和捡拾"雷克阿罗"小瓶矿泉水的瓶盖，上面有足球锦标赛参赛球队的球衣图案。之后艾斯特姨妈和图利奥叔叔踏上盆栽棕榈树环绕的舞池，开始跳舞，然后我们走滨海大道回家。那是一个美丽的夜晚，林荫大道上凉爽宁静，艾斯特姨妈和图利奥叔叔手挽着手，不紧不慢地走着，克莱丽娅则哼着歌，似乎相当高兴。我感觉像是回到了往年夏天，那个时候，该发生的还没有发生，我很想扑过去拥抱姨妈和叔叔，或写信告诉父亲别来接我了，别理会我想见他骑一辆红色摩托前来接我的愿望，在这里我也挺高兴的。但是克莱丽娅扯了一下我的袖子，对我说：明天将会出事，做好准备。

但次日什么都没发生，上午天色晴好。为了避免暑热，我们全都去做九点的弥撒。艾斯特姨妈略略有点头痛，都怪昨天晚上的一通疯玩，她懊恼地说道，但她的眼中闪烁着喜悦之情。弗罗拉准备了烩海鲜，回来时家中飘溢着诱人的香味。切切在它的草筐中享受王子般的痊愈期，弗罗拉则异常兴奋，因为鲍思高影院正在上映一部由伊冯娜·桑松[①]主演的影片，那是她最喜欢的女演员。我们已经好久没享受过那样一顿午餐了，充满了欢声笑语。尔后艾斯特姨妈上楼午睡去了，她说我们六点吃茶点时见，图利奥叔叔得去车库干一些活，如果我愿意跟他去，他会让我拆卸汽车的整流器的盖子，我望了克莱丽娅一眼，但我没弄明白干那活儿是否会遇到危险，我会很高兴拆卸整流器盖子的，但我不愿意克莱丽娅为此焦虑，于是我说可以，好吧，我很愿意当一回汽车修理工的助手，但就一会儿，我和克莱丽娅正在阅读一本十分扣人心弦的书，想在那天读完。说这话时，我觉得出了一身汗。但图利奥叔叔没有察觉，他对那天

[①] 伊冯娜·桑松（Yvonne Sanson, 1925—2003）：希腊电影演员。

度过的时光感到愉快。在车库中，为了不弄脏手，他戴上了橡皮手套，打开车盖。这是车头，这是直流发电机，这是散热风扇，这些是火花塞……现在递给我右边工作台上的工具包。你看，为了拆卸整流器盖，只需摁住这两个弹簧就行了，然后我们用螺丝刀拧开这两个螺丝。这里，就这样，很好，注意不要扯得太狠，不然电线会被扯断的。那是一辆漂亮的车，当然不像爸爸的阿普利亚那样崭新红亮，但也丝毫不容小觑，它能轻松地保持每小时一百一十公里的速度。我一直忙到四点，然后我留下他一人收拾发动机，自己进房子里去了。弗罗拉应该是在厨房后面的躺椅上午睡，晚上她要去电影院，自然不愿意在观看一部最棒的影片中途打瞌睡，切切躺在门口小沙发下面，时不时探出头来，我踮着脚尖上楼，轻轻敲开了克莱丽娅的房门。一切进展顺利，说话时，她做了个令人费解的手势，他对什么都没起疑心，我觉得，你怎么认为？我说对，我也这么觉得，他对什么都没起疑，但是，总之，也许最好三思而行，图利奥叔叔那么风趣，我们的游戏现在正在变得有些……

有些邪恶，请你原谅，但这是我的真实想法。克莱丽娅望着我，没有吭声，整个家都没有吭声，即使海边嘈杂的声音都消散了，我多么希望有人能给出一个人们活着的象征，艾斯特姨妈、弗罗拉、切切，然而，听不见一点声音，甚至我都不敢呼吸。因为现在已经不可能回心转意了，一切都准备就绪，离预定时间仅剩一小时了，时钟的指针不可逆转地滑行，门口的钟摆嘀嗒嘀嗒地摆。于是我说：我下楼。但说这句话之前，我不知过去了多长时间，我坐在地毯上，面对着半掩的窗户，也许我做梦了，或许我仍在做梦：爸爸驾驶一辆红色的摩托车在沿海公路上疾驰，他对我微笑，就是说，他对风微笑，但那微笑完全是冲着我来的，我坐在那里，等着他，同时我又能看见他，我扬起手臂，向他做了个手势，示意他停车。然后克莱丽娅碰了碰我的肩膀，说：走吧。我像是人在别处，跟着她下了楼梯，弗罗拉已经在餐厅中摆上了茶点，她摆得如此安静，都听不到一点声响。桌上有茶壶，有装鲜榨果汁的长颈大肚瓶，有饼干和烤面包片，克莱丽娅坐下了，我也照着她的样子坐了下来，弗罗拉马上赶了过来，说大人们即刻就到，我们可以先吃，图利奥叔叔一脸满意的微笑，从通往花园的门口走了进来，弗罗拉上楼去叫艾斯特姨妈。她敲了一下走廊上的房门，然后她探进头去，大声呼唤：太太，茶点准备好了。我开始往面包上抹黄油，弗罗拉猝然一声惊叫。她站在艾斯特姨妈卧室的门口，一手按住嘴巴，似乎是为了防止自己继续大喊，但从她的喉咙中发出了另一种哽咽又尖利的叫声，一种绝望的哀鸣。克莱丽娅站起身来，打翻了一只茶杯，她想跑上楼去，但图利奥叔叔制止了她，他也站起身来，惊愕地望着弗罗拉，然后像是要保护克莱丽娅一般，他拦住了她，将她拥入自己的怀中。我看见她摘掉眼镜，她的眼珠开始飞转，以恐怖的眼神望着我，一脸的恐惧和想要呕吐的表情，还有一种茫然，似乎是在无声地乞求我的帮助。但我怎样才能帮到她，我能做些什么呢？给父亲写信？对，我多么想给他去信，但我的父亲不是君士坦丁·德拉加斯，从他所在的地方，他甚至不会给我捎来他那双足的造像，多少慰藉我对他的想念。

房　间

望着远处自家屋顶上正在落下的薄纱般的轻雾，阿梅丽亚想：不早了，该快点了。小径陡峭曲折，路面上铺着大块的花岗岩石板，沾上夜晚的潮气后如一条被岁月石化的小溪，两边是一丛丛的迷迭香和鼠尾草，空气清新，馥郁扑鼻，一簇簇黄色的花丛装点了山坡的轮廓。又是一个十月，阿梅丽亚想，明天我们也许会迎来初雨吧。自言自语的时候阿梅丽亚总是以"我们"自称，这是她经年的习惯，如果细想一下的话，她也说不清楚是打从什么时候开始的。阿梅丽亚在管风琴上花了太长时间，对此她感到一丝不安。不过诱惑终究难逃，她喜欢在空无一人的教堂中反复演奏佩尔戈莱西的曲子，待到晚祷结束，小老太太们走得一个不剩的时候，教区神甫会最后一个离开，掩上教堂一侧的撞锁小门，留她自己在里面。神甫的住宅紧挨着教堂，窗户中已映出灯光，田野上的光线正在变成即将入夜的蓝色。我们弹得很好，阿梅丽亚说着加快了步伐。

从教堂院子里将将能看见她家顶楼的屋顶和窗户，一株爬墙虎攀上了窗台，秋凉卸去了它不少叶子，圭多的窗口透出微光，那是床头柜上的罩灯。黄铜台灯旁，在一条黄色花边的手帕上有一本但丁的书，烫金的装帧看上去像祈祷书；一个带刻度的玻璃药瓶，里面装着病症轻微发作时需要服用的粉状药剂；一个象牙匣子和一串珍珠母贝念珠；一个红色的珊瑚材质角状饰品。阿梅丽亚一边走一边检阅着那些物品，她好像对屋子里的一切都了如指掌。尽头是占据了整面墙的胡桃木衣橱，过去她母亲习惯用它存放亚麻大麻织物，如今，这些接纳了她家数代人睡梦的已经泛黄的厚床单依然在里面。过去衣橱有一把笨重钥匙，它非常显眼地和全家其他钥匙挂在衣橱的钉子上，上方的小纸条上用棕色的笔写着：食品贮藏间、桌布餐巾橱柜、储藏室柜子、卧室衣橱。衣橱右侧的窗户下，是一张大理石桌面的小书桌，还能起得来床的时候，圭多会坐在桌前笔耕，时不时望一眼窗外的树冠和山坡。他的日记藏在右侧抽屉里的一个折叠棋盘里。这么多年来，阿梅丽亚每个早晨都会拿出来读一遍，看看自己印象中的这一天和兄长的记录有什么区别。她想，写作多么虚伪，它跋扈恣睢，以精确的词汇、动词、形容词来禁锢事物，为它们裹上一层糖衣，如同一只困在石头里上百年的蜻蜓，虽然依然拥有蜻蜓的外表，然而它已经不再是蜻蜓了。这就是写作，它可以将现在和刚刚发生的事情固定下来，让它们看上去相距了数百年。但事物是分散的，阿梅丽亚想，因此也是鲜活的，因为它们是分散的，无边无际的，拒绝接受词汇的禁锢。

圭多的小书桌上整齐地摆放着他珍藏一生的书籍，有些书是古老的皮面装帧，另一些书则用一种类似蓝色灰纹大理石的精装卡纸：《福音书》，一部十八世纪在巴黎为米肖兄弟之流印刷的《埃尼阿斯记》，塔索的《阿敏达》，阿尔菲耶里的《生命》，彼特拉克、雪莱和歌德的抒情诗，曼佐尼的《阿德尔基》。圭多的藏书票贴在扉页前面白纸的右上角，那是一个墨黑色的小方块，一座灯塔将光线投向漆黑一片的海面，下方是斜体的圭多[1]，首字母是小写的。

在左侧的抽屉里，圭多一生中收到的所有信件用彩色皮筋捆扎着。她根据年份做了归档，并依照主次轻重做了分类：学院、大学、意大利及国际文人、出版社、杂志、乞舍者。有一些信件是这样开头的：亲爱的大师并吾友；另一些仅仅是：阁下，字体既花哨又飘逸。在患病的最后几个月里，只有寥寥几位挚友的寥寥几封手书，还有一封学院的官方信函，表达了对大师健康状况的担忧，并祝他早日康复。阿梅丽亚以一张礼貌简短的卡片作复："吾兄目前无法亲复，非常感谢贵院深切的关心。"

---

[1] 圭多（Guido）首字母小写，即不作人名时，意谓"我导航，我领导"。

窗户旁，一面镶镜子的抽屉柜上摆放着些肖像照，主人公几乎全是圭多和她，还有一张上面是他们母亲年幼的时候；至于父母的照片，她选择留在了自己卧室的抽屉柜上。阿梅丽亚边来回踱步边看着相片，不禁感叹时光匆匆。时间过得真快。第一张相片中的圭多只有十二岁，穿着一件成人外套和一条侧面有三个扣子的及膝绒布裤子。他脚上穿着带鞋扣的儿童高帮登山鞋，右脚踩在一个摄影师为营造乡村景观而放在照相馆里的纸艺树根上，帆布背景上画着一个与场景格格不入的阳台，阳台外面是那不勒斯风格的海湾，但是既没有松树，也没有维苏威火山。相片右侧的一角，摄影师从左至右留下了自己的名字：萨维内利照相馆。

旁边的照片已经是十年后的事情了。它镶嵌在一个银质相框中，也许是潮气侵蚀了金属，相框边缘留下了一道曲折的污痕，犹如海滩上的波浪线。圭多站在阿梅丽亚左侧，伸出的右臂让她轻盈地依偎着，如同一位新娘。圭多穿一件深色上装，系一条宽领带，贴身下垂的手中攥着一顶帽子的宽边帽檐。她身穿一件略略蓬松的白色连衣裙，系一条腰带，头上的一顶草帽将脸庞罩于阴影之中，整个前额是看不到的，只有眼睛隐约可见，不过光线照亮了她面庞的其他部分，她天真或许还愉悦地微笑着，露出了洁白的牙齿。当时是夏天，他们身后的葡萄藤凉棚在院子里留下了大片树荫。铁艺小桌上有一个水罐，里面的鲜花不知道是谁插上的。他们真的像夫妻，新婚燕尔的那种。那天圭多毕业，一家人在凉棚下摆了午宴，是的，阿梅丽亚记得很清楚：那时父母尚未去世，爸爸吃得太撑，喝得太多了，现在正坐在门廊的阴影下，满脸油光，他解开了马甲的扣子，在露出的衬衫下，肚腩随着呼吸上下起伏着。爸爸啊，想到这里阿梅丽亚因对爸爸的思恋而悲伤到了极点。对于妈妈是不一样的，她没有这种思恋：想到她时阿梅丽亚几乎感觉不到痛苦，只有一丝因记忆久远而褪色带来的淡淡酸楚。她是一个寡言苍白的女性，身材瘦小，踮着脚进出着一间间屋子，她的一生都是踮着脚度过的。在阿梅丽亚能理解什么是真正的痛苦之前，母亲就早早地去世了，她给后辈留下的痕迹几乎难以察觉：只有对她窸窸窣窣的裙子和白皙双手的回忆，她梳完头后将长发简单地扎成一个辫子盘在后脑的手法。相反，爸爸不仅声如洪钟，脚步声也响彻每一间屋子，他的存在遍布家中的每一个角落。他有力的拥抱让她感觉安全，一种奇特的热量使她脸红耳赤。

阿梅丽亚知道自己憎恨那张相片。很多年后，当恨它已经失去意义的时候，她才学会了憎恨它。她知道自己恨它，但不愿意了解其中真正的缘由。说到那胶片上那个遥远的时刻，她宁愿让无关紧要的细节叨扰自己：比如她那如此幼稚、如此呆傻的微笑，比如圭多微微下倾的右肩是否代表着一种淡淡的尴尬，诸如此类无关紧要的事情。这张照片旁边还有两张相片，但她不恨那两张，它们是她真实生活的一部分，那是在作出了选择之后。选择。

哪些选择？阿梅丽亚边走边想，一边用拐杖将道旁一株侵入小径的荆棘拨开。她拄拐已有一段时间了，倒不是因为她老了，她走路还很利索，不需要额外的支撑，但她喜欢周日下午带着她父亲曾经用过的拐杖出门：那是一根漂亮细润的美人蕉手杖，配一个小小的犬首形银质把手。哪些选择。

在第三张相片中，圭多端庄的表情非常应景：他身披长袍，一手拿着一张卷起来的证书，另一手扶着大学校园里一个不再出水的喷泉外沿。最后一张相片是官方午宴，庆祝的主角圭多坐在餐桌中央。相片是在午宴结束后拍摄的，酒水已经化解了赴宴者脸上的端庄，让他们变得亲切而不设防。席间有一些文人和艺术家，餐桌尽头干干瘦瘦的那人是一位著名音乐家，她一直觉得他索然无味，就像他谱的曲子一样。她坐在兄长的右侧，在她的眼睛里能读到满足和喜悦，但和她十八岁那年的相片相比，她的双唇变薄了：它们失去了慷慨和施舍之心，变得吝啬多疑，审核着言语、思想和生活。

时光多么奇怪。

"圭多先生的病发作了一次，"切塞丽娜压低声音告诉她，"他肯定很疼，为了不喊出来，他不停地啃咬双手，然后就像野兽一样低声哀嚎，这会儿他可能睡着了。他受不了了。"

切塞丽娜是一个两颊白里透红的妇人，乳房硕大，浑身充满乳汁和气血，小儿子跟着他，睡在一只搁在箱柜上面的草编篮子中。他是个从不哭闹的胖小子，只有待哺时才醒过来，于是她就坐在厨房的凳子上给他喂奶。她是接替她母亲来帮佣的，她母亲芳尼在阿梅丽亚家当了一辈子佣人，阿梅丽亚和芳尼同龄，小时候两个人常一同玩耍。阿梅丽亚有时会想，如果自己也嫁了人的话，现在也该有一个和切塞丽娜同龄的女儿和两三个外孙了。

她对切塞丽娜说现在就交给她吧，谢谢，最近他就是这样，你现在就回家吧，已经很晚了，去镇上的路没有灯还坑坑洼洼的。她向切塞丽娜祝了晚安，然后提起水罐。"汤准备好了，"切塞丽娜又说，"我煲了一锅清淡的肉汤。"上楼时，她听见大门打开和关闭的声音。现在家里只回荡着她轻轻的脚步声，从圭多的卧室门缝中透出一线灯光，经过门前的时候，她听见里面传来了时断时续、凄切阴沉的喘气声。她蹑手蹑脚地打开隔壁她自己卧室的门，蹑手蹑脚地掩上门，只有老木头微弱地咯吱了两声。她摸黑脱掉披风挂在门旁的三脚衣架上。屉柜上父母相片前点着一盏小小的长明灯：模糊的椭圆形相片中，两张久远的脸不知对着什么微笑着。在昏暗的光线中，她寻找睡衣，推开了窗户。空气清冽刺骨，山岭后升起的月亮周围的月晕因树叶遮蔽而参差不齐。阿梅丽亚躺在床上望着窗外，夜晚。那张床是她父母的，很多年前，两个人在那张床上孕育了她。床边的墙分隔了她和圭多的床。就这样，中间隔着一堵墙，很多年了。阿梅丽亚想到这里，又想到时间。在乡野酣睡、万籁俱寂的这个时辰，她似乎听见了时间的流逝：嗡嗡地，像一条地下河的声音。她想，多少个夜晚，她躺在这张床上，却惦记着墙壁另一头沉睡的那人。她又想到憎恨。憎恨也是一个弥散的东西，它拒绝词汇的禁锢，有很多种存在的形式、变体、细节、难以辨识的明暗变化、流程、走向。憎恨可以让人想要别人死。多少年来，她一直秘密地体会着这种愿望，但她说不清楚是从什么时候开始的：憎恨本身自有一种奇特的凝聚力，当它能被定义被描述的时候，就已经在我们心中生根了，它蜷缩在灵魂的某个褶痕之中，早就默默存在了。然而，或许那不是憎恨。阿梅丽亚思考着这种表达：灵魂的褶痕。她深以为然，因为灵魂确实有很多褶痕。

一声尖锐的呻吟传入她耳中，就像一种风声。这就是圭多病痛发作时痛醒的声音。之后哀号会变得更加撕心裂肺，变成一声呜呜的惨叫，有时候他只在深更半夜里可怕地嘶吼一声就结束了。她起床开灯。铺着亚麻罩布的梳妆台上是配置齐全的药箱，里面是沸水消毒过的注射器、酒精、药棉、小药水瓶。现在圭多醒了，他用一根手指挠抓着墙壁，上上下下，他的指甲在床上方墙壁的灰泥上留下了一道深深的沟痕。阿梅丽亚拿起小铁锯，迅速地摩擦烧瓶，从护套中取出注射器，推出针头中残留的积水，抽取小药水瓶中的药液，将注射器对着半空，熟练地推动活塞，挤出最后的气泡，将棉花球浸在酒精瓶中，挤干。"我马上来，圭多。"她回答道。她想到怜悯意味着什么，她知道自己的双手正在演示怜悯。她的心里感到一片空洞，如同一条阴冷的隧道，但她举着注射器的双手却纹丝不动：没有抖动，没有战栗。

在这世界之外的任何地方 [①]

[①] 原题为英语，收录于法国诗人波德莱尔的散文诗集《巴黎的忧郁》。小说直接引用了诗句的法语原文，译文采用了钱春绮的译本《恶之花·巴黎的忧郁》（人民文学出版社，1991 年）。

事情进展如何。是什么在其中引导。乌有。有时候可以从乌有开始，从一个句子，它迷失在这个充斥着句子、物体、面孔的大千世界中，迷失在这样一座大城市中，广场、地铁、料理完事务后匆匆赶路的行人、有轨电车、汽车、花园，还有缓缓流淌的河水，夕阳西下的河面上渡船慢慢滑向河口，城市在那里豁然变宽，形成了低矮的白色建筑为主的郊区，房子东倒西歪，居民楼之间是大片似如黑眼圈的空地、稀疏的植物、肮脏的小咖啡馆，它们也卖些吃的，你可以选择站着，边吃边眺望海岸一带的星星灯火，也可以坐在略微生锈的红漆小铁桌旁，它们在人行道上发出噪声，服务员们一脸倦色，白色制服上有一点点污渍。有时候我会去那里转转，夜晚来临时坐上一辆慢腾腾的有轨电车，横穿整条大道和下城区小路，接着插入滨海大道，好像要与河堤另一侧徐行的拖轮并肩，展开一场哮喘病患者间的赛跑，那些拖轮只有咫尺之遥，似乎伸手就可够着。有几个同样是木制的电话亭已经年代久远，有时里面有人，一位韶华已去的老太太，一个铁路员工，一个海员。我想：电话的那一端是谁？随后，有轨电车在海洋博物馆广场上绕行一圈，这个小广场上有三棵上百年树龄的棕榈树和几条石凳，有时候，穷孩子们会在广场上玩穷孩子的游戏，就像我小时候那样，有时是跳绳，有时在地上粉笔勾画的格子中"跳房子"。下车后我开始步行，双手插在衣兜中，我的心怦怦跳动，原因我不得而知，或许是因为那家咖啡店传出的朴实的音乐，那应该是一部已经老旧的留声机，总是放这一首 F 调华尔兹舞曲或手风琴法多，我想：我在这里，但没人认识我，我是无数个默默无闻的面孔中的一张，我既可以在这里也可以在别处，没有分别，这既让我伤心难过，又让我感到一种美丽甚至过量的自由，就像表白被拒绝时那样。尔后我又想：没人知道，没人起疑心，没人能归罪于我，我在这里，我是自由的，如果愿意的话，我甚至可以想象什么都没发生。我在一个橱窗中打量自己。或许我长了一张有罪的脸？我整了整领带结，理了理头发。我气色不错，可能看上去有那么一点疲倦，一丝难过，在他人眼里，我无非是一个经历过生活的人，没什么特别，我的生活和其他人的没有什么不同，无论是顺心还是失意都会留下某种痕迹，这一点每个人都一样。但是，除此之外，什么也看不出来。这也给了我一种美丽甚至过量的自由，就像你长期谋划的一件事终于做成了那样。那现在做什么呢？不做，什么都不做。你去那家咖啡店找一张小桌坐下，把双腿伸展开来，"请来一杯鲜榨橙汁和一些杏仁，谢谢。"你打开那份随手买下来的报纸，上面的新闻让你提不起兴趣，葡萄牙足球在欧冠比赛中战平了皇家马德里，甲壳类海鲜面临涨价，政府危机似乎有惊无险，市长签署了在市中心设立步行街的市政规划，某某路和某某路之间将摆设花盆，城市的这一街区将成为散步购物的绿洲，在国家北部，一辆市区公交车驶入了一家街角商店，司机突感不适，当场死亡，不是因为撞车，而是因为心肌梗死，事故没有造成其他伤亡，只有商店遭受了巨大损失，那是一家销售婚礼、圣餐礼糖果以及其他礼品的商店。你心不在焉地翻阅招聘广告，并没有特殊的目的，因为语言学院的薪资很可观，而且上班时间也不错，离家几步之遥，每天仅需工作五个小时，其他时间都是你自己的，你可以散步、阅读、写作，这些都是你一贯的爱好，你还可以去电影院，五十年代的老电影是你的最爱，你还可以业余充当私教，有相当一些同事这么做，而你只需要忍受那些富家子弟不求上进的态度，就能获得不菲的报酬。不管怎么样还是瞄上一眼，万一呢，说不定呢。食品企业招聘销售代表，要求法语英语流利，公司在市中心，回信邮箱199。瑞士药企在本市开设分公司，要求精通德语，化学专业毕业优先。欧洲—拉美进出口公司，要求精通英语西语，有会计类工作经验者优先。海运公司，曼谷香港澳门航线，负责监管及交货，愿意经常出差。电影。为什么不，明天你休息，今天你可以晚归。也可以考虑看一场午夜影片。先去河口区圣玛利亚港吃一下饭，只点一盘糖醋虾和一份广式炒饭。有一个约翰·福特的影展，好福气，你可以再看一遍《骑兵队》，有点单调，《边疆铁骑军》、《黄巾骑兵队》。不然的话就选法国电影回顾，拖拖拉拉的镜头和戴围巾的知识分子，杜拉斯也让人头大①，算了吧。某个地方正在放映《卡萨布兰卡》，阿尔法影院，没听说过，应该是在什么犄角旮旯里从来都没去过的街道。但是，当英格丽·褒曼来里斯本，银幕上出现"完"的时候，她会怎么做？"故事要继续下去。"记者写道。我认识这个人，他是一位和我同龄的男士，黑色的八字胡，机灵的眼睛，同时短篇小说也写得很好。但是你累了，也许。应该是空气过于潮湿了。有时候大西洋会造就这种天气，会升腾起一片浓

---

① 指根据法国作家玛格丽特·杜拉斯的同名小说改编的影片《情人》。

雾，渗进你的毛孔并将其堵死，让你感觉双腿变成了木头。"请再来一杯鲜榨橙汁和几颗杏仁。"卡皮托美术馆举办了乔丹公爵重制唱片的首发式，那是六四年录制的，你记得很清楚，《性感的夏娃》和《西班牙之吻》[①]，巴黎，一九六四年，三明治和凛冽寒冬，那时她还未出现，身处未来的迷雾中。现在读私人启事，这才是最有意思的，闪烁其词的委婉语句之下人性通通暴露无遗。啊，言语的掩饰，用心何其良苦。离异女士真诚寻找长久友谊。有三则特别启事的签名是自己难以辨认的名字首字母缩写。退休老人面对孤独的煎熬。还是那种牵线搭桥的红娘中介：为什么不快来找我们为你们物色孪生灵魂？然后，骤然间，心脏开始狂跳，咚咚咚，你感觉它跳上了嗓子眼儿，你甚至觉得其他餐桌旁的食客也能听见它的跳动，世界失去了轮廓，一切陷入一种失聪的混沌之中，一切都慢慢消

---

① 《性感的夏娃》（*Sultry Eve*）和《西班牙之吻》（*Kiss of Spain*）：收入美国爵士钢琴家乔丹公爵（Duke Jordan）的专辑《没问题》（*No Problem*）中的两首曲目。

逝，灯光、噪声、细碎的声响，就仿佛一种非自然的、铺天盖地的阒寂使整个宇宙陷入了瘫痪状态。你又仔细看了一眼句子，细读了一遍，你感觉口中有一股奇怪的味道，这不可能，你想，只是一个可怕的巧合，然后你推敲"可怕的"一词，心想：这仅仅是一个巧合，一个偶然，是存在于这个世界上的亿万偶然中微不足道的一个，是一件正在发生的事。但为什么发生在你身上？你这样问自己：为什么在那个地方，在那张桌子旁，在那个场所，在那份报纸上。这不可能，你想，这是一个错位的句子，一个落在排字车间的不搭界的铅块，它被埋在其他活字版下面，一个心不在焉的排字员不经意间将它拣了出来，印在了启事中间。你这样假设，还假设了更为荒诞的情况：他们给的是一份旧报，你想，我不经意间买了一份四年前的旧报，报刊亭的矮子将报纸落在了柜台下面，它被遗忘在那里达四年之久，他意识到我这人心不在焉，觉得或许可以卖我一份旧报，这是一个愚蠢的小骗局，别慌。为了确认头版上的日期你笨手笨脚地整理着报纸，你不觉得这有什么尴尬，只不过是海

117

风在捣鬼吹乱了纸页罢了，你不紧张，你心如止水，你要冷静。是今天的报纸，是这个你正在经历的这天，是格里高利历上的这一天：是今天你正在阅读的这份今天的报纸。在这世界之外的任何地方。你已经第十遍读这个句子了，这不是一则普通启事，是一句付费登在晚报上的暗号，它没有留下邮箱、地址、人名、公司、学校，什么也没有。只有这句话：在这世界之外的任何地方。但你无须更多解释，因为，恰如泛滥的河水裹挟一堆堆残物，这句话裹挟着一堆语言的碎片退去，你以一种让自己不寒而栗的冷静将它们重新排好序："人生是一座医院，其中的每个病人都陷于调换床位的愿望。这一位情愿面对火炉苦熬，那一位认为靠在窗口会重获健康[1]（法语）。""您的鲜榨橙汁，先生，杏仁卖完了，对不起，也许您想来一点松仁？"你用手做了一个似是而非的手势，只求他不要打断你的思路，因为你现在望着海岸，灯光重又为你的眼睛和你的记忆点亮，言语重又

---

[1] 波德莱尔诗句。

回归，它们也在你脑海中点亮，你似乎看见它们在闪光，那是夜色中小小的聚光灯，他们像是在远方，但似乎又触手可及，在一只手的距离之内："我觉得，如果我换个其他地方住住，就会常常感到舒服，这个迁居问题乃是我跟我的灵魂不断讨论的问题之一①（法语）。"你将杯子握在手中，小口饮呷。跟其他桌子旁的其他顾客一样，你似乎是一位沉静又好做梦的顾客，凝望着夜色及河水，你折好报纸，搁在桌上，小心翼翼谨小慎微的，有些夸张，就像某些向理发师借阅了报纸，现在应该归还的退休老人那样。你以心不在焉的冷漠望着报纸，不就是一份报纸吗，今天的，刊登的消息已经过时，因为白昼已经结束，某人已经在某个地方准备其他报纸，几个小时后，当新的新闻刊载出来，眼前的这些新闻将会被废黜，凝固在言语中，但对你来说，这份报纸带来了一则既老又新的消息，它使你不安，但凡你稍不留神，它便会让你手足无措，你不应为此手足无措，

①　波德莱尔诗句。

请你冷静。这时你才刚注意到日期：9 月 22 日。你继而想到：这是个巧合。是什么跟什么的巧合？是一个不可能的巧合，因为它是第二个巧合，句子和日期，同样的句子，同样的日期。不可遏制地，如同它在你的记忆中拥有一个属于自己的声音，几乎类似一种挥之不去的孩童的摇篮曲，你以为已经摆脱了，然而它只是被消逝的岁月吞咽了，其实并没有消失，而是隐身在你心中深不见底的沟壑中，那些诗页的格律复又苏醒，这不，它的分句渐次呈现，开始滴落，嗒—嗒—嗒，用力撞击岩壁，发出隆隆声响，寻找突破口，继而开始泉涌般汩汩溢出，泛滥，将你打湿，虽然是一股温泉，但却让你瑟瑟发抖，一柱势不可当的喷发挟持着你，将你卷入其涡流之中，抵抗完全是多此一举，它强大、飞旋、不可遏制，漫上岩洞通道，滚滚奔流，一路拉扯着你。"告诉我，我的灵魂，可怜的冷丝丝的灵魂，去里斯本居住可好？那里一定很暖和，你在那里会像蜥蜴一样恢复你的精神。那座城市靠近海滨；据说是用大理石建造的……那里有适合你的口味的景色；这种景色是由光、矿物和映照它们的水组成的！ ① （法语）"于是你开始在这座大理石打造的城市中徘徊，缓步走过十八世纪的建筑，那是一些拱廊，见证了殖民时期的商贸、百舸扬帆的远航、熙来攘往的人流和出发一刻的蒙蒙晨曦。你踩着踽踽独行的脚步声，一个年迈的流浪汉倚着一根柱子，柱廊后是直达河边的广场，它听任着浊水的舔舐，灯火通明的渡轮离开码头，驶往对岸，再一会儿，最后几位乘客的匆忙也将被夜色吞没，只剩下夜晚的寂静、影影绰绰的迟归的路人、心神恍惚的夜游者、拖曳着不寐之躯晃晃悠悠、一路自言自语的不安的灵魂。你也自言自语，先是默念，然后清楚地一字一句地说着，似乎是在口述，似乎河水能够记录，并将它们留在一个水档案馆中，直到河床将它们吝惜地珍藏于卵石、沙子和残物之间，你吐出两个字："罪过。"这是一个你之前从未说出口的词，也许你是因为缺乏勇气，然它是个简单的词语，词义单一，在夜空中清澈地回荡，似乎能全部被纳

----

① 波德莱尔诗句。

入那团在潮湿的空气中凝聚成雾、旋即散失的短暂的哈气中。你迈入杳无人影的广场，纪念碑伟岸壮观，高大的骑士策马迎战黑夜。罪过。你在纪念碑碑座上坐下，点燃一支烟，衣兜中是折叠齐整的报纸，摸一下便能让你感觉一种轻微的不适，如芒在背，像一只虫子。这不可能，没人知道我在这里，我消失在世界上成千上万个面孔之中，这不可能是给我的口信，它只是大家都熟悉的一个句子，另一位波德莱尔的读者在以这种秘密的方式给另一个人传递一个秘密。这个关于重复、关于复制人生的古怪念头让你入神了一会儿，似乎命运的车轮掌握着一些模具，将它们随意冲印于世界各地，冲印在无论眼手还是做人方式都不同的其他人的生存之中，冲印在不同的道路上，在不同的房间中：现在，在另一房间中，另一男人对另一女人说："一间屋子宛如一场幻梦（法语）。"于是你的幻想创造出了一间幻想般的有着一扇亮着灯的窗户的房间，你可以贴近水汽迷蒙的玻璃窗，透过陈旧的蕾丝窗帘偷窥，那是一个陈列着老家具、墙上贴有褪色郁金香墙纸的房间，床上一男一女，从他们的身体姿势和揉得皱巴巴的床单判断，他们显然刚做过爱，他摩挲着她的发丝，对她说："允我能恒久呼吸你的发香。（法语）"就在那个时候，一个挂钟敲响了钟点，"太晚了，"她说，"我得走了。"但你对她说：中国人看猫眼测时，还没到时候呢，伊萨贝尔，一切尚待发生，我要将你卷入真正的背叛，但那不是我的罪过，相信我，是事情的罪过，是它们想这么做，不知道是什么东西牵引着它们，你尚需听任自己卷入背叛，但这也不是你的罪过，然后我得以我的方式将你处死，看上去就像是我杀了你，但这依然不是我的罪过，而是你的悔恨，与此同时，他永远也无法得知我的背叛，只需有一天在报纸上刊登一则启事，一个只有我俩知道的秘密短句，在这世界之外的任何地方，这是信号，之后的一切就顺理成章了。但其实一切已经发生了，只是在那间屋里的男士并不知道，他说："对，很晚了，你走吧，我晚点出去。"你出去，你又回到了广场上，一个刚兜完风的女子把车停下，向你短促地闪了闪大灯，你摇头示意，继续思忖：这不可能，这只是命运的巧合。但某种迹象告诉你并不是，寒气侵入你的骨髓，你在内心感觉的冰凉是一种确凿的东西，主座教堂的大钟敲响，和四年前的一个挂钟敲响的是同一个钟点，是同一则故事在重复，你又想到，也许该吃点东西，我只是冷了饿了而已。一辆有轨电车开了过来，但你不想上车。你更愿意沿着那条从河畔上行至城堡的陡路步行，路上有一些逛街的外国游客哄笑着，停着几辆"城际旅行社"的大巴，那里有一家你常去吃酸辣鸡的印度小餐馆，老板是果阿人，只要一聊起来就没完没了，喝酒喝得挺凶，他会做一种特别好吃的酱用来拌饭，有时候还有调味酒可喝。两对坐在窗边的美国夫妇正在愉快地用餐，餐桌上方是红白格子灯罩的吊灯，渲染出一种温馨又私密的氛围，地板有些脏，几张掉在桌下的餐巾纸还未及扫除，科尔瓦先生不像往常那般健谈，他满脸倦色，今晚的客人大概不少。"可能酸辣鸡有点辣，"他对你说，"我给您一杯冰镇啤酒。"他一贯殷勤好客，但从不唯唯诺诺。他像是突然想起了什么，拍了一下脑门，这是他向你请求原谅的方式，他碎步跑向柜台，笑着回到桌边。"您的报纸。"说着他就把报纸递了过来。倏然间，你觉得自己脸色煞白，并且开始出汗，那是冷汗，你用手摸了摸外套，折了两折的报纸还在衣兜里，那是之前放进去的，在衣服里鼓鼓囊囊的。望着科尔瓦先生递过来的报纸，你没有接，他大概只从你脸上读到了惊讶，并不清楚现在的你害怕得就像有一队蚂蚁从脚踝爬上腹股沟。"这个肯定是送来给您的，"他对你说，"我的餐厅里只有您看这份报纸。""啊对，"你试图以一种令你害怕的冷静作答，"谁送来的？""我不知道，先生，是我儿子今天早晨在门缝下发现的，当时用一张细纸条扎着，但那个坏小子为了看比赛结果打开了报纸，您知道吗，葡萄牙体育和皇家马德里踢平了？"你说这确实是个不错的结果，可惜电视没有转播，他们说若不是因为打的那次横梁和裁判，葡萄牙体育甚至能赢球，显然这种时候裁判至关重要，即便皇家马德里队拥有宏伟的主场和谦谦君子一般的球迷。但他真的确定在细纸条上写着你的名字吗？他茫然地环顾四周，你就原谅他吧，这些没教养的年轻人，放到他那个年代会挨一顿鞭子的，他脸上露出沉重的表情，一溜小跑躲到了餐厅后面，厨房前面有一个楼梯可以上到他的住处，但你已经知道那张纸条上没有写名字，你得不到任何确认，原因很简单，这种事情不可能得到任何确认，因为它无法解释，这就是事实，于是你开始思索，对于这样一件眼前正在发生的事情，真的需要一个解释是什么意思。或者，对已经发生的所有事情需要一个解释是什么意思，所有事情，必须是所有的事情，我们真的需要解释：她，他，你，还有那一连串托词、推辞、欺骗，是它们组成了那则故事。于是你开始划分道德责任，没有比这更糟糕的了，因为这无济于事，你早就清楚这一点，生活无法以道德尺度来衡量：该发生的还是会发生。但他还是不该遭遇这种事。当然了。她也知道他不该。这也是肯定的。你知道她知道他不该，但你不在乎。是的，但为什么你就不配跟她在一起，你是之后才认识她的，那时所有事情已经发生了很长时间了，这也是真的，在游戏已经结束之后。但是是哪些游戏？生活没有期限，没有一个举手宣布游戏结束的赌桌管理员，一切按部就班，不会停止，那为什么我们相遇之后又要相互躲避，这不是游戏进行的方向：白色的房子，细瘦的棕榈树，或稀疏贫瘠的植物，龙舌兰、怪柳、一块岩石；同样的爱好：肖邦或下里巴人的音乐，老调的伦巴舞曲，《我有一颗疯狂的心》（西班牙语）；同样的灵魂：巴黎的忧郁。离开这里，离开这种忧郁，让我们寻找一座用白色大理石建造的水边城市，让我们一起寻找一座这样的城市，与之类似的也可以，在哪里无所谓，在某个地方，在世界之外。"我不能。""你能，只要愿意。""求你了，别逼我。""我会给你发一条短信，我走了，我已经走了，我受不了了，如果你愿意，就来找我，买这份报纸，它是信号，它会告诉你在哪里能找到我，抛弃一切吧，没人会知道的。"没人能够知道，你这么想着，科尔瓦先生从餐厅后的门旁向你做出一个表示遗憾的手势，没关系，科尔瓦先生，只有你和她知道，还有波德莱尔的灵魂。你和他也玩了个把戏，有些事是开不得玩笑的，你不该去挑逗决定事物的神秘。但没有其他人知道。这你敢保证。他不知道，肯定的，即使他知道的话，也太迟了。为什么一切都"太迟了"，正是这一点让你结账时双手哆嗦，这没道理。但还是有一个道理的，这一点你也知道，更确切地说，你感觉到了。你想证实它。你走向洗手池旁的电话，投入一个硬币，拨打那个已经无效的号码。这也是一个"太迟了"的号码，电话公司没再将它分给别人，它不对应任何场所，只是数字，发出无人应答的语音信号，你这四年来对它再清楚不过了。你慢腾腾地拨号，听见电话铃响了一声、两声、三声，尔后话筒发出一声咔啦咔，但没有声音应答，你只感觉到一个存在，它甚至不是一声呼吸，因为它不呼吸，在电话线的另一头有一个存在，它在倾听你无声的存在。于是你挂上电话，走到街上，你根本不想回家，你很清楚电话会响，你会让它响一声、两声、三声，尔后你会拿起话筒，将它贴近耳边，电话线的另一头什么也没有，只有一个可以辨识的密实的存在在无声地倾听你无声的存在。你又走到河边，现在栈桥上空荡荡的，渡轮收班了，一个人也没有。你坐在滨海大道旁的护堤上，河面浑浊湍急，大概是涨潮了，河水无法注入大洋，你知道很晚了，但不是时间意义上的，在你周边，时间和空间一样，广袤、肃穆、浩瀚：一个表盘上没有标识的停滞的时间，尽管如此，它又像叹息一般轻盈，像眨眼一般迅捷。

怨恨与云雾

"其他人对你好，你却以怨报德，为什么？"

在阅读那首有待全面解释的诗的结尾时，他想起了多年前某个午后的那个问题，他的第一套漂亮西服、上装和裤子，带黄色条纹的褐色华达呢风衣。后来他对着装有所见识后，才意识到那是一件难看透顶的衣服，不过当年他却觉得相当体面。或者应该说，重要。穿去办公室未免有点隆重，但对于毕业论文的答辩却是必不可少的。他在橱窗中照了照，那是利比亚大街上的一家时装店，服装价格便宜但做工很好，穿上新西服的他感觉美滋滋的，穿西服可能会有些不合群，但是也没关系，你可不能事事迁就别人，不然就完蛋了。怨恨。其实应该说是宿命，或生命的节奏，他想，不管怎样总不能让这个群狼环伺的世界将自己吞噬掉。但他没有回答齐琪丽亚的问题，没什么可回答的，她还没明白过来就已经被群狼吞噬了。群狼即生活，看她一眼就知道了。她已经老了，但她才三十岁而已。头发在脑门上分成两半，中间已经有了几根白发，还有那张与世无争的令人沮丧的脸，以及她那永远的倦乏。如果几年前他爱过她现在不爱了的话，他又何错之有？也有可能，和爱情比起来，那更像一种同舟共济，他们的婚姻建立在同舟共济的基础之上，不过她肯定不是因为他才走到这种田地的。为此他怨恨她，怨恨她现在的样子：一个倦妇之躯和一张忧伤又不修边幅的脸。那是无意中含沙射影地炫耀她为他作出牺牲的方式。是一种怨艾，一种责难的形式，一种庸碌的抗议。实际上，那不过是她失意心情的病态的外表。但对一位选择错误的女性的失败，他何错之有呢？他已竭尽所能地帮助了她。战后对两人来说都非常艰辛，他们怀揣高中毕业文凭，在那个大城市的丑陋郊区重逢，双亲故世的两人都无依无靠，建立一个家庭的愿望无非是为了互相做伴。要不然怎么办？邮政所提供了一份差事，但如果它仅仅意味着一日三餐和一间公寓，那不是富裕，而是潦倒。冬日冒烟的柴炉和门前水洼、夏日闷热的暑气和蚊虫肆虐的那种潦倒，还有那些总是闷闷不乐的脸色，那位并非寡妇却一副寡妇相的女同事，那位舍不得花半分钱去看球赛却老把足球赛挂在嘴边的所长助理。他对她说："齐琪丽亚，我们该振作起来了，我们报考大学吧，追求事业吧。"但她一直很累。究竟为什么累？难道他不累吗，两人明明要在办公室里蹉跎同样长的时间？她肯定不是因为那几样家务活才觉得累吧，一张要铺的床和两个脏盘子，倘若家是一面镜子的话，她的倦乏还能理解，但那三间不怎么收拾的房间，她永远露在床底外的拖鞋，那不是一对年轻夫妇的爱巢，而是未老先衰者的收容所，他甚至没有勇气邀请姐姐来家做客，一次也没有。然后嘉娜出生了，但是对此他又有什么责任呢？是她想要孩子的。"还不是时候，"他对她说，"把这件事往后放一放吧，好好计划一下，孩子是个不小的负担，我们仅有的那么一丁点儿闲暇也会被他占用。"但她深更半夜时哭泣不已，当母亲的愿望像烈火般销蚀着她，那应该是她心中燃烧的唯一的一件事，在此之外是一片彻底的荒漠。为了生孩子她竟然做出了一堆承诺，真是愚蠢。她会自己带孩子，他可以报考大学，他甚至可以辞职，全身心投入学习，反正一份薪水够用了，现在她升职了，工资也涨了一级，此外，如果他不反对的话，周末她还会在家做一些零活，附近的一家私人快递公司在招聘愿意打零工的人，她愿意做，真的。好吧，说好了，如果那是她想要的，他是不会去打碎她望眼欲穿的为母之心的。但有些事必须说清楚，别指望他来换尿布，周末他会耗在图书馆里，他与系里的门卫打好了关系，他周末也能去图书馆，如果说她真的想要一个孩子，他要的就是毕业证书，人各有志。协议一清二楚，他照办了。说实话，她也照办了，默默地，明里没有任何抱怨，而是摆出那副忧伤的与世无争的姿态：办公室、家、额外的零活、孩子。那是一个和她母亲如出一辙的女孩，人就是这样的，所谓有其母必有其女，同样与世无争的眼神、同样的无动于衷、同样的刻在脸上的失败。偶尔有那么几个周末他没去图书馆学习，此时孩子已经长大了一点，他想开拓她的兴趣，让她从过早的麻木中醒过来。"你想跟爸爸出去散散步吗，想去动物园吗？"那个懂事听话的小女孩用稚气的声音回答道："我得陪着妈妈，她让我帮着做一些家务，谢谢爸爸。"她们就这样支持他作为一名中年学生的"特权"，那就是整夜废寝忘食、熬夜苦读，以弥补他与那些年轻学生之间的差距。他们周一早上出现在教室里，精力充沛、轻松散漫，穿着烫过的裤子和最新款式的套头毛衫，真是一群公子哥。当然在他心里对这些年轻公子哥有一种恨意。而且这种涌出的感觉，交织着苦涩与怨恨，自他的心底里升起。他对她们的恨意沉默而无可表达，他们天生的政治背景是一种奢侈，而他们成为左派是一种更大的奢侈。他就不一样了，对他来说这是一种争取的结果：一个窘迫坎坷、受到百般阻挠的旅程——他人的不敬、陈规陋习、一个笃信宗教的母亲、一个需要养活太多孩子而无暇顾及政治的唯唯诺诺的父亲。这是他作为左派的方法，它有关冒犯、不满以及雪耻，与他的年轻同道们囿于抽象理论的、规行矩步的思想毫无关联。他曾经向他们中的一个人坦白，就是最笨的那个，某一天，当他俩离开教室的时候，那人责难了他，因为他选了一位被大家称作"恋旧者"的碌碌无为、遭人白眼的教授作为毕业指导老师。他目不转睛地盯视着对方，说："你觉得当左派很容易，对吗，先生？你完全不知道生活有多艰难。"那人只是惊愕地望着他。

恋旧者。那位教授肯定不是个大家，这一点没有疑问。但当他去请教授们指导自己的论文时，有多少才华横溢的大教授皱起了眉头？而教授则马上对他拖家带口大龄求学的身份表示理解。"至少我希望您不是那种自以为是的人，他们不屑回忆我们过去的英雄年代，一味耽溺于憧憬光明的未来。"他则谨慎地回答道："每个政权都有其好的一面，如今人们倾向于只看到坏的那一面，教授。"他们的理解便是基于那次对话，至少刚开始时，基于一种彼此之间的尊重，后来这种理解结出了果实。论文用时不多，最麻烦的是把它们敲出来，他则整晚废寝忘食在齐琪丽亚每天晚上从办公室带回家的打字机上敲字。在齐琪丽亚一脸疲惫的责备神色之外，又加上了将那台重如坦克的老式"奥利维蒂"从办公室抱回四楼家中的辛苦，那段时间，嘉娜在厨房里学习勾股定理。其他就没什么难事了。答辩他得了最高分，因为论文写得不错，这是当然的了，此外，若老教授需要帮忙的话，他还是能依靠一些同事的支持。出版也不算太难，出版商是一家小型印刷坊，也印制大学讲义，而且没有像通常那样收取他任何费用。他觉得"献给我的导师"的献词不但有用，而且是应该的。苦涩之后才显露出来，此时他已经获得了助教一职。现在教授的谈话不再像以前那般谨慎和中立了，他被迫随声附和，两人之间的互相尊重已荡然无存。

离家那天，他选择了一种最寻常而更少伤害的方式：留一张字条。那天他领取了第一份助教的薪水。钱少得可怜，但足够一个人开销。他在理工大学后面的一幢老楼里租了一间屋子，一方斗室，一扇窗户面对一个铺满担架的院子，地方算不上赏心悦目，他花了一周的时间将屋子刷成白色，在屋里放了一张从旧货市场淘来的书桌、一把椅子和一个落地衣架。床已经有了，只需买一个床垫。有些人可能会将这视作凄惨，但他知道自己这样是节制。他时常想到，当马查多①在索里亚时，就住过伊莎贝尔·奎瓦斯夫人客栈中一间相似的陋室，一桌一床一个铁质洗脸盆而已。他读了《卡斯蒂利亚的田野》，在其中找到了巨大的精神共鸣，尤其是诗集开篇的《肖像》那种对整个人生的总结，如实记载，时而加点花絮，同时又充满隐喻，也不乏谦恭但坚定不移的思想与道德宣言，以及对自己衣着寒酸的诙谐暗示。那是一个周日的午后，他坐在书桌前再次读起已经读过无数遍的《肖像》。他为三句诗画上横线，抄了下来。"我的故事，有些事情我已不愿再提；你们已经了解我寒酸的着装；有雅各宾派的血滴在我的血管里流

---

① 安东尼奥·马查多（Antonio Machado，1875–1939），西班牙著名诗人。小说中提到的《卡斯蒂利亚的田野》出版于1912年，作家直接引用了西语原文，译文采用的是赵振江的译本（《安东尼奥·马查多诗选》，河北教育出版社，2007年）。

淌。（西班牙语）"那三句诗让他非常有共鸣，好像只属于他，它们好像就是他自己写的。后来他又加了其他两句。他透过窗户眺望医院的院子，正值五月，院中细瘦的树木绿了。突然，从那扇上面印有一个黄三角以及"放射科"字样的小铁门中，一个护士牵着一个女孩的手走了出来。她俩走得很慢，因为女孩的双腿上戴上了高至腹股沟的金属夹板。她的腿又细又僵硬，有些变形，她看上去走得很吃力，就像一只可怜又奇怪、摇摇摆摆的鹅。她应该不足八岁，浅色头发，身穿一件方格连衣裙。护士扶她在一张担架上坐下，轻轻地拍了拍她的脸蛋儿，留她坐在了那里，这个安抚的动作是想让她安心。女孩耐心地坐着，环顾了一眼空荡荡的院子，护士回了医院那里。那一刻，从对面角落中蹿出了一只白猫。不知是猫先看见女孩，还是女孩先看见猫。孩子与猫互相对视，随后，像一条幼犬一样，猫迈着小碎步跑向了女孩，一直来到担架旁边，敏捷地跳了上去，女孩将它抱在怀里，轻吻着它。他垂下双目，又把诗中的一句读了一遍，"我的故事，有些事情我已不愿再提（西班牙语)"。他意识到印刷的文字在泪水中颤抖，紧跟在已抄录的诗句后面，他又补抄了其他三句："我的诗句从平静的泉水涌出；可有雅各宾派的血滴在我的血管里流淌；我不仅是一个善于运用自己学说之人；而且从美好的意义上讲，我很善良（西班牙语）。"

那年夏天他去了一次伊比利亚半岛。教授通过"西班牙之友"协会为他申请到了一笔西班牙外交部的经费。他不需要什么具体的工作，它仅仅是一份邀请，或者说是授予伊比利亚文化研究人士的一份奖励。西班牙人对自己的文化深感骄傲，对于国外大学的学者来他们的图书馆查阅资料，他们感到受宠若惊。他要做的唯一一事是拜访马德里的一家杂志社，教授和他们经常合作，他最近撰写的一篇文章的校稿需要交给他们。那是一份上不了台面的杂志，但他一点也不在乎。巴塞罗那彻底征服了他，那是一座宽敞明亮的大城市，有着宽敞的林荫大道、华丽的十九世纪末建筑以及经历了惨烈内战仍然健谈好客的市民。他在那里仅仅停留了十天，但临行前已感觉成了当地的一员。他感觉自己的心与自然天性已经成为那些在下城区、港口、兰布拉大街上熙来攘往的人的兄弟，入夜后，他们将小巷子里面的小咖啡馆、酒肆和小吃摊挤得水泄不通。他感觉很遗憾，因为自己必须在外交部安排的那家市中心高级酒店下榻；和他一起在灯火辉煌的餐厅中用餐的食客们衣着讲究，享用着贝类海鲜，他感到惋惜，因为他更愿意来到午后散步时瞥见的食铺中那些嘈杂的贫民中间，一边和他们一起用餐，一边偷享加泰罗尼亚语缠绵似水的语音所带来的那种几乎是肉体上的愉悦，它与干瘪嘈杂的卡斯蒂利亚语迥然不同。所有这一切加强了他的反佛朗哥思想。他感觉自己的心毫无疑问地站在那些受苦受难的人民一边；倏然间，他想起了自己所克服的困难，一时间深有感触。他决定要学加泰罗尼亚语，作为对那块土地的致敬。这时他又想到了另一个致敬，那本他在火车上读完就扔进了边境车站垃圾箱的奥威尔[①]的书，他觉得

----

① 这里指的是乔治·奥威尔亲历西班牙内战后的纪实著作《向加泰罗尼亚致敬》。

那是一位英国少爷的致敬，那位自命不凡的英国少爷，跟酒店中享用甲壳类海鲜的衣冠楚楚者无甚区别，他根本没有理解西班牙人民的灵魂。他对自己认识的某些伪进步人士的怨恨愈发强烈，对多洛雷斯·伊巴露利[①]的清澈信念的热爱也多了几分。她是西班牙的大地之声，晶莹剔透，受到人民的拥戴，代表着大无畏和自我牺牲：热情之花。他觉得自己本应该身处莫斯科，与她握手拥抱，然而他确在那里，在那个饱受佛朗哥独裁政权摧残的可怜国家，给亲政府的刊物送去教授撰写的华而不实的陈词滥调。与此同时，火车正在将他带去马德里。旅途单调，杂志社也令人失望，他们仅仅是在普拉多博物馆附近楼房里一间普普通通的办公室，一位职员漫不经心地谢了他。不过还能怎么样呢。现在，马德里全是他的了，虽然他并不喜欢那座城市，他讨厌那些大厦的贵族派头的巍峨、富人区的

[①] 多洛雷斯·伊巴露利（Dolores Ibárruri Gómez，1895-1989），笔名"热情之花"，西班牙共产党人、内战英雄，1939 年 3 月至 1977 年 5 月流亡苏联。

优雅、普拉多博物馆的庞大，以及那位自相矛盾、不拘形式的戈雅，完全是在玩弄巴洛克的奇形怪状和浪漫主义的奇思异想，其风格实在可恶。他最终没能抗拒诱惑，坐上了一列小火车前往索里亚，他穿越卡斯蒂利亚乡村，为的是去拜谒一个朴实无华的地方，那里，有一首诗在呼唤他。奎瓦斯客栈的房间一成不变：一张桌子、一把椅子、一张床、一个落地衣架。他心绪澎湃地走在小巷子里，毫不起眼的小巷周边是寸草不生的卡斯蒂利亚荒漠；后来，在经过了一番寻找之后，他在一家古籍书店里找到了一张马查多的肖像照，照片的一角有他的亲笔签名：1939 年 1 月 22 日。佛朗哥军队兵临城下，诗人正在逃往边境，逃向死亡。书店老板疑神疑鬼、小心谨慎，也许他担心他是好事之徒，于是他跟店主攀谈了起来，他的卡斯蒂利亚语已经十分流利了，但他仍然用意大利语跟他交谈，这样他才感觉说出的话出自本心，他请对方放心，一手交钱一手交货，肖像便是他的了。"恋旧者"在马德里的酒店里给他留了一张字条，字里行间透出一股强迫和命令的味道。他又得去里斯本办另一件事，一等车票已经买好了。行吧，何乐而不为呢？教授想在一份葡萄牙刊物上发表另一篇酸腐的文章，跑腿去签合同的当然是他，他没有理由不去，他对此很满足，甚至感觉是一种精巧的报复。行李箱箱底，马查多诚实忧郁的脸在向他微笑，他将教授的稿子和个人物品覆盖在肖像上，搭乘火车，抵达了边境。"没有需要申报的物品。"他告诉海关人员。他正在冒的这个小风险是他的复仇，也是他的护身符。

和西班牙人相比，里斯本人对他彬彬有礼，而且照顾周到。杂志社所在的福兹宫位于复辟者广场上，英式的正墙，板岩屋顶，大小厅堂中铺满了地毯。他们说了一堆恭维他教授的话，他随声应和，升华着每一次恭维。他的弦外之音肯定逃过了主编的注意，那人沾沾自喜言过其实，浑然不知自己是愚昧的象征。他当然是葡萄牙的朋友了，他说话的虚伪口吻简直无人能敌：你们虽然是个小民族，却是个伟大的国家。现在他本人还无法以个人名义供稿，此外他的名字还不为人知，他只是一位大学助教罢了，而且他不关心政治；有必要的话，他可以以笔名做一些翻译，他的葡萄牙语虽不十分流利，但他可以依赖一位意大利大学葡语外教的友谊，他们肯定也认识他，而他们反过来尽可信赖他的诚意。教授年事已高，又百事缠身，无法经常去葡萄牙，而他则很乐意旅行。

事情就这么定了。需要翻译的文章愚蠢又简单，但稿费不菲，此外他觉得这种愚蠢正证实了自己的内在本能，点燃了他心中怨恨的隐秘之火。他将马查多的肖像挂在书桌上方，就在床和面向医院的窗户之间。不过他不会在那个凄凉的出租屋中待很久了，他知道大学教职竞聘考试已经临近，而他将金榜题名，那张肖像将被挂在一个与它相匹配的墙面上。那段日子里，在不知不觉间，他发现自己竟然长得也像马查多了。额角两侧的头发留长了，有点蓬松，但不抹发蜡。发际线高高的脑门轮廓是一样的，嘴巴的线条也相仿：紧抿的双唇，如同一道以嗤笑来掩饰不公平待遇的疤痕。现在，为了更加了解那位伟大的西班牙诗人，他开始阅读胡安·德·马依瑞纳[①]的日记，他佩戴面具的能力、使用各种假名的精妙也让他大为着迷。"我灵魂的底色是悲伤的，尽管如此，我不是一个悲伤的人，我也不认为自己给任何人带来了悲伤。用另一种方式表述的话，不执着于自己的想法让我从其中脱身；或者说，相比坚信人性，我更相信思想，那儿不断流淌着我的心灵沐浴其间的青春之泉。"不将自己的想法付诸实施让我从其魔咒中解脱。想到这里他感到很轻松，如同一种惩罚的解除，一种无罪的宣告。正是抱着那种无罪的心情，他度过了教职竞聘考试极度紧张的那几天，他甚至没有意识到考题的难度。那是一道与马查多的诗歌毫无关系的考题；那是一道纯技术性、纯理论性的题。尽管如此，在他看来，那个如此抽象、倨傲地拒绝外来影响的诗歌语法似乎正是他自身生存的隐喻。那是完全纯粹状态的思想：一个不执着于思想本身的思想。如他所愿，他轻而易举地在考试中胜出。这时候想摆脱老教授已经轻而易

---

① 胡安·德·马依瑞纳（Juan de Mairena）：马查多的一个异名。

举了，它几乎太过容易，反而失去了本该有的快感。以至于在给对方送去删掉了那句可恨献词的处女作的再版书时，他觉得是去完成一项无趣又令人失望的任务。但也非完全令他失望，因为倘若教授想要吵架，像他想象的那样攻击他的话，一切将以一场激烈又缺乏悬疑的争论来结束。但教授在书房中等候他，神情郁闷，一副众叛亲离兔死狗烹的样子，对方双眼迷离，毫无强横的勇气。"我不曾想到你会是我的对手，"他说："这是我老了之后经历的最大的痛苦。"对方企图用这样一种卑劣的道德绑架，一会儿是过往的情谊，一会儿是暮年和失望，这让他想起了齐琪丽亚以及她拐弯抹角的责难，他无法接受，因为那种方法既精致又卑劣。教授是在借此提醒他那一次的马德里和里斯本之行，让他耻辱地回想起自己内心再清楚不过的所有苦涩和迁就，现在对方正是卑鄙地利用这一点试图让他动情。于是他将自己的蔑视朗诵了出来，冷漠地、冷嘲热讽地，其句子节奏几乎让他联想到了马查多的《悼堂·圭多诗》；在向对方轻声吟诵那些尖刻锋利、言简意赅的雪耻诗句时，如同一个不再执着于思想本身的思想，他的内心不由自主地呼应着他熟悉的节奏：最终，一场肺炎夺走了堂·圭多，报丧之钟整天为他敲响：叮——当！堂·圭多死了，年轻时他自视甚高，风流倜傥又有点桀骜，年老后他专注祈祷（西班牙语）。老教授打断了他狂热的祷词并请他出去，而他出去时品尝着胜利的滋味，因为那胜利确凿无疑，而且他知道以后其他的胜利还会纷至沓来。

第二个胜利是茱莉亚娜，但这一次并不是战胜她，而是生活。他让茱莉亚娜免于早早进入老处女的行列，将她之前试图隐藏的青春还给她，他让她从自以为患病的臆想中走了出来，用另一个臆想取而代之：她健康，非常健康，太健康了，她只是需要有个男人的保护，给予她安全感。她身上唯一让他不安的因素是她的耳根子太软，她的没有城府在他看来是一种愚蠢，对两个人都没什么好处。他禁止她使用紫罗兰香水、穿便宜的小羊皮袄、显露出过于招摇的作态，以及浪声大笑。他会手把手地教会她大学里的工作模式，更确切地说应该是"指导"给她，因为那像个专业一样一学就会，但这并不意味着她必须成为他的造物，那是头脑简单的人才会得出的结论。他们所有的是一个共同的目标，一种共存的伙伴关系，这就是他理想的爱，只需她理解就行了。她理解了。

其他的胜利他也信手拈来。这一次轮到了一位出于疏忽或轻率而得罪了他的同事。轻率的冒犯令人怒火中烧，因为这意味着被冒犯者似乎不配得到重视，他不能忍受任何对他的轻视：那种侮辱能让他气得脸色煞白，在生活中他已经遭遇过太多次，每一次都在提醒着他受人鄙视的日子，让他想起了那个自己不得不在利比亚大街上的时装店购买廉价衣服并且自以为体面的年代。不过灼热的冒犯同时又是最优质的养料，他知道，因为它们会在一个人的心灵中发酵，促使他给出精细布局、复杂系统的回应，绝不能心慈手软地豁免对方。不，他很清楚，让人怒火中烧的冒犯会在一个隐秘的角落筑巢，它们会像冬眠的幼虫那样蜷缩，随后大量繁殖、抱团、构筑起甬道复杂的白蚁窝，他需要对地形作出细致耐心的勘测。他细致入微、极度耐心地探勘整个地形，既然在学术刊物上只能发表几篇隔靴搔痒的恶毒的攻击，无法实施一种直接的报复，那他就应该找到一种方式来进行间接的报复，而这意味着与人结盟、进行有趣的含沙射影的对话、达成不言而喻的默契与一致。找到对手的朋友并将他们作为他雪耻计划的目标真的是一件令人身心愉悦的事。他为此耗费了几个月、甚至好几年的心血。对手最看重的得意门生刚到一所北方大学就职，研究方向与他相似：生活的巧合。找到一个那人的潜在对手不容易，但并非不可能，只需仔细研究他同事的行踪就行了。第二次尝试他就收到了成效。他与那人并没有太多的交集，他们是在一次学术会议上认识的，和对方在一起他可以不用尊称。那人平庸傲慢，一副自以为是的大师腔调，卖弄他那部语法笨拙、立论不明的著作：那只不过是一部二流作家的二流评论集而已，文章赞颂的都是些老掉牙的过时作家。不过他也清楚，对方的阿喀琉斯之踵并不在此。真正让这位他的潜在同盟忧虑的，是其在一位冷酷无情老师的阴影下令人倦怠的事业，那位老师羞辱了他很多年，将他没完没了地牵在身后，似乎他是一个多余的无用的物件，就称他为斯麦尔佳科夫吧，卡拉马佐夫兄弟的仆人。应该在这一点上发力，但没必要太重：只需暗中轻触一下按钮，心有灵犀地，它和胁迫无关。在简短的对话之后，机器启动了，而他则在一旁观看，带着故意延迟的喜悦。一种整个过程的愉悦，就像聆听一部交响乐。从头到尾地聆听平静的甚至有些安详的乐曲，在它即将结束的一刻，他又以一个短促的切分的回旋曲，重新将它点燃并彻底了结，但这相对容易了，没有太大的乐趣。将那位粗鲁又野心勃勃的女同事纳入同盟给了他些许满足，她是位坦白直率的阴谋家，她曾背叛好友攫取了老教授助手的职位，傲慢地进入了那个学院，将她召至身侧让他感到单调乏味，私底下他叫她"黑帮傻妞"。

其他的是一些官方场合上的胜利，著作、刊物、学术会议。他最大的成功是在伊比利亚半岛取得的。依然是那里。不过现在独裁政权垮台了，没什么东西能证明他与之有过牵连，没人能阻止他对那位十六世纪的宫廷诗人施展他的批评之剑了。为纪念那位诗人，欧洲各地的学者云集一堂举办了一场研讨会，会址设在一栋巴洛克风格的建筑中，一座贵族气派的乡村别墅，那里远离首都，在一座橄榄园和一座葡萄园之间。他如愿获得了作闭幕发言的机会。他计划中的发言简单扼要，只是对诗歌节奏的分析，虽然表面上不痛不痒，实际上却毫不留情地指出了那位宫廷诗人风格上的油滑以及他对同时代伟大作家的隐秘抄袭。但是就在研讨会期间，一位多明我会①修士宣读了自己的论文。修士与他同龄，是一位古典文化教授，一个僧侣，曾多年担任一份文学刊物的主编，在旧政权时期，刊物没有任何鲜明的政治色彩，以"文化"为名，表达了一种暧昧的、泛泛自由色彩的反法西斯主张。现在，那位修士，那位含糊其词的反法西斯典范，在那里用谅解宽恕的口吻谈起一位与政权妥协的宫廷诗人，借助所谓诗歌文本之独立性的理

---

① 多明我会，又译"多米尼克派"。天主教托钵修会主要派别之一。1217 年西班牙多明我创立，1232 年受教皇委派主持异端裁判所，残酷迫害异端，曾控制欧洲一些大学的神学讲坛。除传教外，主要致力于高等教育。——编者注

念，谈到人性的软弱，谈到应该将作品与生平传记剥离等等，因为"诗人没有传记，他们的作品即他们的传记"，他还谈到，催生了那些诗歌言语的一个发自内心的、孤独又神秘的言语理应享有尊重。在那个似是而非、偷梁换柱的暗示中有某种难以容忍的柏拉图主义，暴露了它某个形而上学逻各斯的东西之间一种斯宾诺莎的影响，讲话者优雅地将其与前苏格拉底哲学随意联系在一起，而实际上它与一种右翼的新理想主义绑在一起。此外，那种谦卑、谅解，以及以诗歌文本为名对人性弱点的原谅是一种不露声色的傲慢，他对此很清楚，那是一种倒置的审查系统，其实质是一种要求赦罪的胁迫。不，没有罪是能赦免的，他不能容忍这样一种世界观，他不会让自己被这样一种狡诈的模式绑架。于是他作了发言，他认为在那种场合之下应该说点什么。首先他因为需要引用自己的话而请求大家的谅解，但他不得不这样做。同时，他请与会者注意一些诗句的节奏、发音和用词，他本人耐心地将它们从文本中挑选出来，以便同当时的矫饰派诗歌作一个语境上的比较。因为他也深知诗歌文本的独立性；但每个文本均有其对应的语境：这就是语境。这时，他图穷匕见，因为古典学这种老派陈腐的句法，已经跟不上当下文学批评领域的思想潮流，简言之，他也准备不足。于是他又谈到了巴赫金，谈到什么是文本中的语境，他把节奏断章那一块块孤立的宝石放在了大的文化背景下，让其熠熠生辉，他完全没考虑过迁就和妥协：那是一次慷慨激昂的发言，他以柏拉图主义哲学的经典没有给无人之地的文学留下一点余地；那是一个以决断而完美的方式拍出的X光片。他的发言非常成功，不过当时并没有马上看到效果，当然，因为他遭到了三位年轻知识分子猛烈的攻击，但重要的是，他在学术界获得了决不妥协的学者的名声，就像钻石的切口一样锋利闪光。

随后便是家庭生活的胜利，舒适而安心：市中心公寓、藏书丰富的图书室、他的书房，马查多的肖像终于挂在了一堵体面的墙上，和与他匹配的书籍摆在一起。他抄录了那首他选来分析古怪的三行诗歌中的一段诗节，并再次斟酌在将到来的研讨会上演讲的论文题目。他试着将诗句译成意大利语，大声朗读出来测试效果如何：

什么构成了我们的诗歌？哪些地方？

哪个中毒的梦回应他们，

如果诗人心怀怨恨，其余皆为云雾？ ①

他终究还是不喜欢那位诗人：干瘪，太过现实，虽然有可能被一种他认为多余的形而上的线条给遮蔽，看事物的眼光还算透彻。细细揣摩的话，诗人对于晚期浪漫派文学参照的净火天持有某种牢骚，在那重含义不详的净火天中，诗歌理念以抽象形式漫游，继而以言语形式下凡到诗人这个低俗的容器中：一个沾染了罪孽和不满的凡人。不过也有可能，那位风雅忧郁的诗人自己并未意识到那一点：他也是一位少爷，以他自己的方

① 摘自巴西诗人卡洛斯·德鲁蒙德·德·安德拉德（Carlos Drummond de Andrade，1902–1987）的诗歌《结语》（Conclusão）。

式，不解其意地写下那些话语，同时觉得它们是神秘的，来自宇宙的不知道哪个角落。然而，对正在阅读的他来说，它们却毫不神秘，它们清澈如水晶，他认为自己拥有解读的钥匙，可以将它们一网打尽并把玩于掌心之中，就像孩子们玩木头字母玩具那样。他微笑着，写道：《怨恨与云雾：关于一首二十世纪诗歌的韵律解读》。真正的诗人是他，他知道。

岛　屿

1

他思量着可以用这种措辞告诉她：亲爱的玛利亚·阿颂姐，我很好，希望你也很好。这里天气已很热，几乎入夏了，也许你们那边的气候还未转暖，因为常听说那边多雾，还有工业废气。总之，我等着你们，如果你想来度假的话，和詹安德烈亚一起来，上帝保佑你们。我得谢谢你邀请我，也谢谢詹安德烈亚，但我决定了留在这里，因为你知道的，我和你妈在此居住了三十五年，我们花了很长时间来适应环境，从农村初到这里时，我们以为它是另一个世界，我们以为到了北方，对我们来说，它也确实是北方，如今我对这地方产生了感情，有了许多的回忆，此外，你母亲去世后，我习惯了一个人生活，虽然我会怀念那份工作，但我可以找许多其他的活计来散散心，比如养养植物啊，这是我一向喜欢的，还有照顾那两只音色婉转的百舌鸟，它们也是我的伴儿。不然，在一个大城市里，我能干什么呢？所以我决定了留在这四间屋子里，至少我能望见港口，某天兴致好的话，我可以搭乘渡轮，去看望我的老同事，玩上一局纸牌游戏，反正摆渡花不了几小时，这艘渡轮就像我的家。因为一个人会怀念他工作了一辈子的地方，一生中的每个星期都会怀念。

他剥了一个橙子，将果皮扔进海里，望着它在蓝色海面上渡船激起的白色浪花中漂浮。他想象着这页信写完了，又取出另一张纸，因为他觉得有必要倾诉他已经体会到的怀恋。多蠢啊，最后一天上班，他已经感觉到怀恋了：究竟是怀恋什么，一个一辈子都在船上来回往返的一生？我不知道你是否记得，玛利亚·阿颂妲，那时你还小，你妈总是说：这个小家伙真的会长成大姑娘吗？冬天早晨我起得早，外面还是漆黑一片，我就起床了，我出门前会亲你一口。刺骨的寒冷，他们从未给过像样的保暖外套，他们给的是马背上披覆的藏青色旧被子，这就是制服。常年这么生活会养成一种习惯，所以我再次问你：我在一个大城市里能干什么呢？凌晨五点我在你家能干什么呢？我不习惯赖在床上，我五点起床，四十年如一日，就好像我体内有个闹钟。此外你是读过书的人，即使生长在同一个家，人会因为读书而改变的，还有和你的丈夫，我们能谈什么呢？他有他的想法，那不是我的想法，在这点上，我们的意见不太相合。你俩都受过教育，那次我和你妈一起来看你们，晚饭后，来了你们的朋友，整个晚上我没说一句话，我唯一能说的是我了解的事情，我这一生中了解到的事情，而你恳求我别提我的工作。此外，还有一件事，你会觉得是一桩小事，天知道詹安德烈亚会怎样哈哈大笑呢，但我没法与你家的家具相处，它们全是玻璃的，我会撞上它们，因为我看不见。那么多年了，一直如此，你知道，我都是跟我自己的家具一起，五点钟醒来。

但那最后一页，他在脑海中将它揉成一团，如同他在脑海中写下它一样，扔进了大海，与那些橘子皮一起。

2

"我让人叫您来是为了请您解开手铐。"他低声说道。

他的衬衫在胸口处敞开，双目紧闭，似乎正在打盹。他觉得他脸色蜡黄，但可能是舷窗上拉上的小窗帘给整个客舱印上了那种颜色。他大概多大？三十，三十五？也许没玛利亚·阿颂姐大。监狱催人老，还有那副羸弱憔悴的模样，他想要问问他，他感到好奇，突然地。他摘下帽子，在对面的床铺上坐下。那人睁开眼睛，望着他。他的眼睛是蓝色的，这个，不知道为什么，这让他感到一阵痛心。"您多大了？"他问。一般情况下，他不会以"您"称呼囚犯，倒不是他为人粗鲁，但这次他却没法用直称。或许因为他觉得已退了下来，或者因为那人是政治犯人，政治犯就另当别论了。那人坐直身子，不置一词地长久注视着他，睁着他那双明澈的大眼睛。他蓄有两撇淡黄色的胡子，头发乱蓬蓬的。他很年轻，他想到，比他看上去更年轻。"我跟您说了请解开我的手铐，"他音色疲倦地说道，"我想写封信，此外我感到手臂酸麻。"他说话带有北方口音，但他不懂怎么区分北方口音。皮埃蒙特地区的人，也许。"您怕我逃跑吗？"现在他的声音中透出一种讥讽的语调。"我不会逃跑，我不会袭击您，我不会做任何事情。即使想做，我也没力气。"他一手按住胃部，露出转瞬即逝的苦笑，这反衬出了他双颊上那副深陷的眼眶。"此外，这是我最后的旅行。"他说。

手铐解开后，他开始在一个帆布小背包中摸索。他掏出一把梳子、一支钢笔和一个黄皮笔记本。"若您不介意的话，我写信时想一人独处，"他说，"您在这儿会让我分心的。您若能去外面等候，我将不胜感激。倘若担心我做出什么举动，您可以留在门边，我向您保证不会给您找麻烦。"

3

以后，总之，他会找到可干的事的。一个人一旦有事可干，就不至于太孤独，但得是个忙碌的事情，除让人满意外，还得带来一些收益。比如毛丝鼠。理论上，他对毛丝鼠无所不知，是一个入狱前拥有毛丝鼠饲养场的囚犯教给他的。它们是一些可爱的小动物，只要别将手伸得太靠近它们。它们非常皮实，很容易适应环境，即使在昏暗的空间中也能繁殖。也许将它们养在地库中的小储物间就行了，如果同一栋楼的邻居允许的话。但他也可以偷偷饲养，二楼的邻居在他的小储物间里还养仓鼠呢。

他靠在船舷上，解开了衬衫领子。上午才九点，却已经相当炎热了，那将是真正暑热的第一天，他知道。他似乎闻到了焦土的气味，和气味相伴出现的是一个仙人掌簇拥下的乡间小路的画面，一个赤足的孩子走向一所房子，那里有一棵柠檬树：他的童年。他又从前一天晚上他买的一纸袋橘子里拿出一个，开始剥橘子皮。橘子正当季，价格却不可思议的高，但他决定了享受一回。他将一块橘子皮掷入海中，瞥了一眼闪烁的海岸线。海流在蓝色海洋中划出一道道明亮的水带，犹如其他船只留下的痕迹。他迅速心算了一下。警车在码头上等候他们，完成交接手续需时一刻钟，他可以在中午时分抵达兵营，走两步就到了。他摸了摸内层衣兜，寻找退役证。如果运气好，在兵营中找到准尉的话，他一点钟便能结束工作。一点三十，他就能坐在港口尽头那家餐厅的凉棚下了。他早就知道那家餐馆，但从未在那儿吃过饭。路过时，他总会停下来浏览一遍上方绘有一条银蓝色剑鱼的橱窗中的菜单。他觉得肚子有点空，但可能不是饿。不管怎么说，他开始以猜测美食来自娱自乐，因为他回想起了剑鱼菜单上提到的一些菜肴。今天吃鱼汤和红鲣鱼，他自言自语道，还有炸西葫芦，他太想吃了。最后是水果沙拉，不，最好是樱桃，接下来是一杯咖啡。然后他会要来一张纸和一个信封，花一下午写那封信。你看，玛利亚·阿颂妲，一个人一旦有事可干，就不至于太孤独，但得是个忙碌的活计，除令人满意外，还得带来一些收益。

所以我决定了饲养毛丝鼠，它们是一些可爱的小动物，只要别将手伸得太靠近它们。它们非常皮实，很容易适应环境，即使在昏暗的空间中也能繁殖。但这在你家是绝对不可能的，这你知道，玛丽亚·阿颂妲，不是因为詹安德烈亚，我很敬重他，虽然在观念上我们谈不拢，它确实是个空间问题，因为这里我至少在地库中有一个小储物间，它不太理想，但既然楼上的邻居在他的储物间饲养仓鼠，我看不出为什么我不能用我的来饲养毛丝鼠。

他身后的声音几乎让他吓一跳。"长官，在押犯想见您。"

4

他们派给他的押解员是一个脸上长满疙瘩的瘦高个儿，手臂很长，显得袖子过短。他尴尬地穿着那身制服，用被他训练的方式说这话。"他没有说明原因。"他补充道。

他告诉押解员可以留在甲板他现在的位置上，他自己则走下通往客舱的舷梯。穿过公共船舱时，他望见船长倚着吧台，在和一位乘客聊天。他与那位船长已经认识很多年了，船长也看见了他，向他会意地招了招手，那不是一个问候，而是一个晚上回程时还会再见的招呼。他放慢脚步，因为他想告诉他晚上他们不会再见了：这是我最后一天出勤，今晚我将留在陆地上，我得处理一些事务。但忽然他觉得那么说非常可笑。他又走下通往客舱层的其他舷梯，穿过狭长的、灯火通明的走廊，从钱包中取出钥匙。囚犯站在近舷窗处，正在眺望大海。他转身，用那双孩子般明澈的眼睛望着他。"我想将这封信托付给您。"他说。他手中有一个信封，他将它递给他，动作既羞怯又不乏武断。"您拿着，"他继续道，"您一定得帮我寄出。"这之前他已经扣上了衬衫纽扣，头发也梳得齐齐整整，现在他的脸上已不是刚才那种失魂落魄的神情。"您认识到您在要求我做的事吗？"他问他，"您很清楚我不能做。"

囚犯在床上坐定，以讽刺的眼光望着他，或许，是因为他天真无邪的眼睛。"您当然可以，"他说，"只要您想做。"他倒空了他的帆布袋，将所有东西在床上排成一排，仿佛正在做登记。"我知道自己的病，"他说，"您看一眼您衣兜中我的入院通知书，您看看，您知道这意味着什么？意味着我不会活着从那所医院出来了，这是我最后一段旅程，我说清楚了吗？"他以一种奇怪的声调强调最后两个字，仿佛它是一个玩笑。他停了一下，似乎为了喘一口气。他重又神经质般地顶住胃部，似乎在强忍着一种奇怪的痉挛，或一阵剧痛。"这封信是写给我心上人的，我不愿见它经审查，原因我就不费劲向您解释了，试着理解我吧，无论如何，您已完全理解了。"小渡轮鸣响了汽笛。靠近港口时，它总会鸣响汽笛，那是一种欢快的声音，几乎是长吁一口气。

他恼怒地回答，以一种强硬的口气，也许过于强硬了，但那是结束那场对话唯一的方法。"把东西放回袋子，"他匆匆说道，尽量不去看他的眼睛，"半小时后靠岸，我下船前再来把手铐放回原位。"他用了这个表达：放回原位。

5

一眨眼工夫，船上仅有的几位乘客都走远了，码头上空无一人。蓝天下，一部巨型黄色吊车往在建的两栋装有假窗的楼盘方向移动。工地上的鸣笛声提示，收工了，几乎同一时刻，小镇上的教堂回应般地响起了钟声。是中午了。天知道为什么靠岸的程序要那么久。面对港口的一排房子正墙是红色和黄色的，他想到他之前从未真正留意过它们，便仔细地打量了下。他在一个系着一艘小船缆绳的铁墩子上坐下，摘下帽子。天气真够热的。他开始穿过港口，往起重机的方向走去。兼售烟草的酒吧门口依然躺着那条老狗，脸趴在爪子中间，他走过时，倦懒地摇了摇尾巴。靠近自动点唱机一隅，四个穿T恤的年轻人正在大声谈笑。一位声音沙哑、略带男子气概的女歌手将他带回到了很多年以前。她正在演唱《罗蒙娜》。他觉得奇怪，那首歌竟然又开始流行。入夏了。

港口尽头的那家餐馆还没开门。老板围着围裙，在门前忙个不停。他手里拿着一块海绵，正在洗刷百叶窗上一冬天积淀的盐渍和灰尘。店主瞥了他一眼，认出了他。他对他微微一笑，就像对一辈子都在打照面却没什么感觉的路人一样微微一笑。他步入与被弃用的旧铁轨并行的一条街，一直走到货栈。货栈大棚下有一个邮政投递箱，一部分红漆已被锈蚀了。他瞥了一眼下一次收件的时间：17:00。他不想知道那封信投寄的地址，但他觉得好奇，想知道收信人的名字，就名字。他用手仔细地盖住地址，斜睨了一下第一个名字：丽莎。她叫丽莎。他想到那是一个动听的名字。只是那个时候，他才意识到，多么奇怪，他知道将收到那封信的人的名字，却不认识她；他认识写那封信的人，却不知道他的名字。为什么他从来不把一个需要交接的囚犯的名字记在心上，他已经不记得了。他将信投入邮箱，转身眺望大海。阳光相当炙热，海平线上光线的闪烁掩去了星星点点的岛屿。他感觉开始出汗，他摘掉帽子，擦了擦前额。"我叫尼科拉！"他高声喊道。但他的周围见不到一个人影。

驶往马德拉斯的列车

从孟买驶往马德拉斯①的列车在维多利亚站发车。我的导游册保证，从维多利亚站出发本身就值得一次印度之行，这是我选择了火车而不是飞机的第一个原因。我的导游册是一本稀奇古怪的小册子，它提供一些前后完全不一的建议，而我逐字逐句照搬。事实是，我的旅行也同样不连贯，所以这本导游册像是专为我定制的。它不把游客当作只关注千篇一律景致的贪心的收集者，对那种人，提供三四条必不可少的旅行线路就够了，例如浮光掠影的大博物馆之旅等，这本书把游客视为毫无

---

① 马德拉斯：今名金奈，印度南方城市。

逻辑又无拘无束的自由人士，闲云野鹤，不怕走冤枉路。"坐飞机的话，"它写道，"旅行将舒适省时，但您将错过印度令人难忘的村落和田园风光。坐长途火车的话，您将面临时刻表上不可能体现的临时停车的风险，甚至有可能比预计时间晚到一天，但您将见到真正的印度。再说，倘若运气好，坐对火车的话，它将又准时又舒适，您将享受到精致的烹调和完美的服务，而且一张头等舱火车票的价格还不及机票的一半。此外，别忘了，在印度火车上您能结识最出乎意料的人。"

最后几条彻底说服了我；也许我还碰上了坐对火车的运气。一路上，我经过了罕见的美景，或者说，我见到了对芸芸众生而言无论如何都难以忘却的景色。车厢里特别舒服，空调温度适中，服务无懈可击。暮色四合时，火车正在穿越一处荒芜的红色山地。服务员进到车厢，送来了搁在漆木托盘上的小吃，他递给我一条湿毛巾，为我沏上茶，郑重地告诉我我们已经在印度的中心了。我吃点心时，他为我整理了睡铺，又特意通知我餐车一直开到子夜，如果我想在自己车厢内用餐，只需按一下铃就可以了。我谢了他，给了他一点小费，将托盘还给了他。而后我开始抽烟，一边眺望窗外那些陌生的景致，思忖着我奇怪的线路。为了见一位不可知论者去马德拉斯拜访灵智学会，尤其是要花将近两天的时间在火车上，这样的行程可能会让我那本不同寻常的导游册不同寻常的作者感到满意。我那古怪导游册的古怪作者很可能会欣赏我的举动。但事实是，灵智学会有个人或许能向我提供我渴望了解的一些信息。是个渺茫的希望，也许是个幻想，我不愿意以短暂的飞行来挥霍它；我更愿意心闲气定地呵护它，品位它，就像我们喜欢细细体会我们所怀有又明知不太可能实现的希望一样。

火车突然刹车打断了我的沉思，也许是打断了我的昏沉。我可能打了几分钟盹，而火车已经进站，我错过了看站牌上的站名。之前我曾在导游册上读到其中一个经停站是芒格洛尔，或者班加洛尔，我记不清了，但现在我不想重新查阅导游册，查询铁路线路。站台上只有寥寥几位乘客：一些外表阔绰的西式打扮的印度人、一群妇女、几个忙忙碌碌的挑夫。这里该是个重要的工业城市。远处，越过铁轨，能望见一片厂房林立的烟囱、大楼和林荫大道。

火车重新启动时，那人进了车厢。他匆匆向我打了声招呼，开始核对空闲睡铺的编号与他的车票是否相符，确认没错后，他请我原谅他的闯入。他是个肥胖的、肚子凸起的欧洲人，天气那么热，却穿着一身不合时宜的蓝西服，戴着一顶讲究的帽子。随身行装仅仅是一个黑色公文皮包。他在他的位置上坐下，从衣兜里取出一块洁白的手帕，面带微笑地开始擦拭了他的近视眼镜。他有一种和蔼可亲，几乎是谦逊的气质。"您也去马德拉斯？"他问我，但不等我回答又说，"这列火车非常准点，我们明晨七点到达。"

他说一口带有德国口音的流利英语，但我觉得他看起来不像德国人。荷兰人，不知道我为什么这么想，或许是瑞士人。他看上去像个商人，六十岁左右，也许更老一点。"马德拉斯是印度达罗毗荼之都，"他接着说道，"如果您以前没去过的话，您将会见到许多精美的文物。"他的谈吐有一种熟知印度的超然客观、随意轻松。我做好了要面对一连串陈词滥调的对话的准备。我想告诉他去餐车吃晚餐也许是个好主意，这样的话，依据餐车礼仪，他谈话时可能出现的平庸乏味将会被在使用刀叉时的沉默所打断。

当我们沿走廊前行时，我作了自我介绍，并抱歉刚才没有这样做。"哦，如今自我介绍已成一套无用的程式。"他和蔼可亲地说道。微微颔首致意后他补充道，"我叫彼得。"

在用餐上，他证明了自己是个专家。在我纯粹出于好奇而打算点蔬菜排时，他劝阻我，"因为这道菜要求蔬菜品种繁多，烹烩精到，"他说，"而这在火车厨房中是难以做到的。"我拿不定主意，怯怯地想随便点个菜试试，但每次都遭到他的劝阻。最后，我接受了品尝他为自己选择的泥炉烤羔羊，"因为羔羊是一道用于祭祀的高贵的菜肴，而印度人极其重视食物的仪式性。"

我俩交换了很多关于达罗毗荼文明的意见，其实，差不多全是他一人在高谈阔论，我的介入仅限于一个门外汉的典型问题、偶尔略有异议，大多数情况下，我都是无条件附和。他向我详尽描述了甘吉布勒姆的石刻浮雕及海滨庙的建筑结构，他向我提到鲜为人知的远古崇拜，与泛神论的印度教无关，如默哈伯利布勒姆的白鹰崇拜，以及颜色、丧仪、等级制度的含义。我迟疑地向他陈述了我了解的信息：我所知道的欧洲对泰米尔沿海一带的渗透。我提到圣多马在马德拉斯殉难的传说、葡萄牙人在那一带海岸上再建一个果阿的失败的尝试、他们与当地统治者之间的战争、本地治里的法兰西租界。① 就我提供的信息，他作了补充说明，引用人名、日期、地点、事件，来纠正我关于当地王朝知识中的一些纰漏。他以自信和悉知一切的口吻交谈，他渊博的学识似乎表明他学富五车，令人猜想他是一位专家，或许

① 17世纪，荷、英、法在印度展开争夺殖民地优势的斗争，英国殖民者在苏拉特以及马德拉斯、孟买、加尔各答设立商馆。法国在印度的殖民活动中心是本地治里市。1757年普西拉战役后，法国在印度只能保留本地治里等五座不设防城市以通商。

是一位大学教授，无论如何，是一位认真的学者。我开门见山地询问他的身份，直接又有点天真，因为我相信他会给出一个确认的答复。他微微一笑，并非故作谦虚地摇了摇头。"我只是一名业余爱好者，"他说，"是命运激发我在这方面深入的热情。"

他的声音中含有一丝痛苦，我觉得，仿佛是一种遗憾或悲伤。他眼中噙着的泪水闪闪发光，光滑的脸庞在餐车灯光下愈发显得苍白。他的双手纤细，举手投足中透露出疲惫。在他的外表中有某种残缺不全难以形容的东西，某种隐疾，或耻辱。

回到车厢后，我们继续对话，但现在他的热情消退了，我们的交谈间杂着漫长的沉默。当我们准备就寝时，并非出于特殊理由，只是为了说点什么，我问他为什么坐火车旅行，而不是飞机。我觉得对他那个年龄的人来说，没必要忍受如此漫长的旅行，坐飞机会更加方便舒适；也许我想到，他会承认他怕坐飞机之类的交通工具，如同在从小没养成习惯的人身上可能出现的那样。

他以一种游移不定的目光望着我，仿佛从未思考过这个问题。然后他脸上一亮，说道："坐飞机你将会有一个便捷舒适的旅行，但你会错过真正的印度。当然，乘坐长途火车，您有可能面临比预计时间晚到一天的风险，但若运气好坐对车的话，您可以享受一个极其舒适的旅行，并且准时到达。此外，在火车上总有机会进行在飞机上不可能有的愉快对话。"

我情不自禁，喃喃低语道："《印度：旅行生存手册》。"

"什么？"他说。

"没什么，"我答道，"我想起了一本书。"然后我用大胆的语气说道："您肯定从未去过马德拉斯。"

他坦诚地望着我。"你不需要亲自到某个地方才能了解那里，"他脱掉外套和皮鞋，将行李压在枕头下面，拉上他睡铺的床帘，对我道了声晚安。

我很想对他说，他也一定抱着一线渺茫的希望而选择了火车：因为他更愿意花时间去呵护它、品位它，而不是在短暂的飞行途中挥霍它。但自然我什么也没说，我关掉车厢中间的顶灯，留下那盏蓝色的夜光灯，拉上我这边的床帘，也说了声晚安。

* * *

突然拧亮的灯和询问什么东西的声音将我们从睡梦中吵醒。窗外能瞥见蒙罩在微弱灯光下的一个木质建筑，上面挂着一块看不懂的牌子。列车检票员由一位皮肤黝黑、神色狐疑的警察陪同。"我们即将进入泰米尔纳德邦，"检票员微笑着说，"这只是一个程序。"警察伸出手，说道："请出示证件。"

他心不在焉地瞟了一眼我的护照，马上将它合上了。可是我这位同伴的证件，他却细细审视。在他检查证件时，我注意到那是一本以色列护照。"希——梅尔先生？"警察费劲地逐字逐句念道。

"施勒米尔，"我的旅伴纠正道，"彼得·施勒米尔。"

警察将证件交还我们，关了灯，冷漠地同我们告别。火车重又驶入印度的夜色中，蓝色夜光灯营造出一种梦幻般的氛围，我俩长久地沉默，最后我先开了口。

"您不可能叫这个名字，"我说，"只有一个彼得·施勒米尔，是沙米索①笔下的虚构人物，您心知肚明。这种事只能蒙骗一个印度警察。"

我的旅伴没有回答。随后他问我："您喜欢托马斯·曼吗？"

"并非全都喜欢。"我答道。

"哪些书？"

"短篇，一些短长篇，《托尼奥·克罗格》、《死于威尼斯》。"

"我不知道您是否读过《彼得·施勒米尔》书中的一个前言，"他说，"是一篇令人折服的文章。"

我们重又陷入沉默。我以为我的旅伴睡着了，但这自然是不可能的。他在等我开口，于是我开口了。

"您去马德拉斯干什么？"

我的旅伴没有马上作答，而是轻轻地咳嗽。"我去

---

① 阿德尔贝特·冯·沙米索（Adelbert von Chamisso，1781-1838），原籍法国的德语作家，其小说《彼得·施勒米尔的神奇故事》讲述施勒米尔将自己的影子卖予恶魔，遭人唾弃，但最后拒绝用灵魂来换回影子。

看一尊雕像。"他嗫嚅道。

"走那么远的路，就为看一尊雕像。"

我的旅伴没有作答。他擤了好几下鼻子。"我想给您讲一个小故事，"他最后说，"我想给您讲一个小故事。"他语气轻柔，声音隔着一层床幔，微弱地进入了我的耳朵。"很多年以前，在德国，我认识了一个人，是一位大夫，他的工作是给我做身体检查。他坐在一张桌子后面，我赤身裸体地站在他面前。在我身后，是一列排队等候他检查的其他裸体男子。他们把我们带到那个地方时，对我们说，我们应该为德国的科学事业效力。大夫身边站着两个武装的警卫，还有一位填写表格的护士。大夫详尽地询问我们男性性功能方面的问题，护士则在我们的身体上做测量，随后她将这些记录下来。队列进行得很快，因为那位大夫急着结束。我检查完后，没有立刻去他们要我们去的房间，而是磨蹭了片刻，因为我的视线被大夫桌上的一尊小雕像给吸引住了。那是一件某个东方神　的作品，一个翩翩起舞的人物形象，手臂和腿和谐地展开，形成一个圆形。那个圆没有很多空的空间，只有几处开口，等待着参观者凭自己的想象去填补。大夫注意到了我的沉醉，微微一笑。他有一个紧闭着、爱捉弄人的嘴唇。'这尊雕像代表生命的循环，'他说，'所有的渣滓只有进入其内部，才能达到更高一层的生命形态，亦即美。在构思这尊雕像的哲学思想所设定的生物循环中，我希望，与您今生的际遇相比，您能够在来世更上一层楼。'"

说到这里，我的旅伴停了下来。尽管火车发出噪声，我仍能清晰地听到他深沉、均匀的呼吸声。

"请您说下去。"我说。

"没什么可说的了，"他说，"那尊雕像是起舞的湿婆，但那时候我不知道。您看，我还未进入再生的生命循环，况且我对那尊雕像持有另一种解释。我每天都在思考这件事，这是我这些年来唯一思考的一件事。"

"这些年是多少年？"

"四十。"

"能四十年中只思考一件事吗？"

"我相信是的，如果你遭受到侮辱的话。"

"那您对那尊雕像的解释是？"

"我不认为它代表生命的循环。它仅仅是生命之舞。"

"区别在哪儿呢？"我问道。

"啊，大为不同，"彼得先生低声说道，"生命是一个圆。这个圆哪天一定会闭合，但我们不知道是哪一天。"他又擤了一下鼻子，说："请原谅，我累了，我想小睡一会儿。"

* * *

驶近马德拉斯时，我醒了。我的旅伴已经刮了胡子，穿上了那身笔挺的蓝色西服，随时准备下车。他看上去睡眠充足，满脸笑容，已经将他的睡铺推了上去。他对我指了指窗边桌板上的早餐托盘。

"我等您醒来后一起喝茶，"他说，"您睡得那么香，我不想吵醒您。"

我进到盥洗间，快速地完成了早晨的洗漱，收拾我的物品，整理好行李箱，然后坐下来用餐。我们开始经过一连串带着城市即将出现的最初迹象的村落。

"您看，我们非常准时，"我的旅伴说道，"现在是七点差一刻。"他叠好他的餐巾。"我希望您也能去看一眼那尊雕像，"他补充道，"它收藏于马德拉斯博物馆，我想知道您怎么看。"他起身，提上小行李箱。他向我伸出手，以亲切的语气与我告别。"我很高兴我的导游册推荐了这种交通工具，"他说，"在印度火车上能结识最出乎意料的人，这千真万确。与您作伴对我是一种荣幸和安慰。"

"谈到荣幸，彼此彼此，"我回答道，"我也对我导游册的建议感到满意。"

我们进站了，眼前是拥挤的月台。列车开始刹车，我们缓缓滑行到最后完全停下来。我请他先行，他先下了车，挥手向我告别。在他远去时，我叫住了他，他扭过头来。

"我不知道可以上哪儿告诉您我的感受，"我大声说道，"我没有您的地址。"

他转身对着我，脸上挂着那种我已经熟稔的游移不定的神色，他思忖片刻。"您给美国运通公司留言，"

他说，"我会去查的。"

随后，我俩各自消失在人流之中。

* * *

我在马德拉斯仅逗留了三天。那是紧张、几乎抓狂的三天。马德拉斯是一座巨大的城市，房屋低矮，间杂很多开阔的空地，到处是自行车、破破烂烂的公交车和动物，交通拥堵；从城市的一头到另一头，需要很长时间。办完了该办的事情后，我只有一天的闲暇，较之于博物馆，我更愿意去参观甘吉布勒姆的石刻浮雕，它距市区大约数十公里。在这里，我的导游册也证明自己是个珍贵的伴侣。

第四天上午，我来到去往喀拉拉和果阿的公交车站。离发车还有一小时，天气闷热难熬，巨大的车站大棚是躲避街头热浪的唯一场所。为了打发等待的无聊时间，我买了一份马德拉斯的英语报纸。它仅四版，看着像一份地方小报，刊登着各色广告、大众影片介绍、城市新闻报道等。在头版特别显著的位置上，有一条前一天发生的谋杀案新闻。死者是一位自 1958 年起就定居马德拉斯的阿根廷公民，他被描述为一位不喜欢与人交往、为人拘谨、没有朋友、七十多岁的老先生，鳏居于阿迪尔居民区的一栋别墅。他的妻子三年前自然死亡，他们膝下无子。

他是被一枪打中心脏后死去的。那是一个表面上无从解释的谋杀，因为没有任何东西被盗。家中一切井井有条，没有破门而入的痕迹。文章将别墅描绘成一个简朴素雅的住宅，宅内有数件富有品位的艺术品和一个小花园。似乎死者是一位达罗毗荼的艺术鉴赏家，报纸提到他曾为当地博物馆的目录编纂提供了一些服务。他的相片显示：一个秃顶的老人，有着蓝色的眼睛和薄嘴唇。那是一篇不带感情色彩的平淡无奇的报道。唯一令人好奇的细节是在死者旁边，有张一尊小雕像的照片，这是一种合乎情理的并置，因为死者是一位达罗毗荼的艺术鉴赏家，而湿婆之舞是马德拉斯博物馆最著名的文物。但那个合乎情理的并置在我的心中唤醒了另一个并置。离发车还有二十分钟，我寻找电话，拨打了美国运通的号码。一位客气的小姐接听了电话。"我想给施勒米尔先生留言。"我说。那位女士请我稍候片刻，然后她回复："目前我们找不到任何用这个名字登记的用户，如果您愿意，还是可以留言，一旦他打过来，我们将把这条讯息转给他。"

"喂，喂！"接话员听不见我的声音，重复唤道。

"等一下，接线员，"我说，"让我想一想。"

我能说什么？我想到了我的留言会多么可笑。也许我明白了什么。究竟是什么呢？是对某个人来说，圆闭合了？

"没关系，"我说，"我改主意了。"我挂上电话。

我不排除我的想象力已经超出了允许的范围。但是，假如我猜到了哪个是施勒米尔先生失去的影子，正如沙米索的主人公那样，我们在火车上相遇，他因某种奇怪的巧合偶然读到这个故事，我想让他知悉我的问候。还有我的心痛。

洗　牌

因为说到底，习惯是一种仪式，我们自以为为了快乐而做的事，而实际上我们是在服从某种加于我们身上的义务。又或者是一个符咒，他沉思道，或许习惯也是一种驱魔的形式，然后才觉得是一种乐趣。他问自己，那个周六在炮台公园①搭乘渡轮是否确实是一桩乐事，和一大堆茫然的游客挤在一起，每次走到那里都让他的胃部不可避免地产生一种紧缩感，在庞大的花岗岩基座周围转圈，远眺摩天大楼和海鸥。不，他对自己承认道。或更确切地说：如今已不再是一桩乐事了。它是

① 位于美国纽约市曼哈顿区南端，这里有许多纪念碑、绿地，还可以看到纽约港的辉煌金色，可以远眺自由女神像。——编者注

一种仪式，显而易见，是对多年前第一次游历的一种致敬，当时多洛莉丝还在世。我们从下面仰望巨大的自由女神，她高擎着像一个许诺的火炬。对谁许诺？对哪个时刻许诺？但当时她拥有另一层含义：那是一次朝圣，又是一次驱邪，如同对第一次交易的送别。或许是为了多洛莉丝吧，他想到，为了她，他才这么做，为了纪念她；他继续这个持续重复的行为，如同有些人害怕抹除某个回忆而不改变某个习惯一样。基于同样的缘由，他还喜欢坐巴士去布鲁克林高地[①]，在满是破败不堪的19世纪矮房子的街巷中晃悠，他似乎还能听到她的声音，她说"赤褐色砂石建筑"[②]时的可笑口音，那个s如此特别，是南美人特有的，还有"事业"[③]，仿佛读了两个s，加重了它的发音。就像把Rossario，位于小意大利区的冰淇淋店，念成"罗萨里奥"，这也是仪式的一部分，

[①] 纽约市布鲁克林区一个富裕的低层住宅区，大多建于美国内战以前，该区还拥有众多的教堂和其他宗教机构。
[②] 原文：brownstones。
[③] 原文：la Causa。

是对往昔的致敬。多洛莉丝热爱意大利人，他却不怎么喜欢，尽管他的母亲是西西里人。冰淇淋店的意大利老店主两年前去世了，现在是他美国化的儿子经营，那里没有一个他认识的人，都是陌生的面孔。"请来一份开心果冰淇淋和一瓶苏打水。"他和多洛莉丝会选择角落一隅的桌子，那儿有一个皮质的隔断，上面镶着一幅埃特纳火山风景画和一个叫作"散心"①的口簧琴。累，是的，我累了。他想到：累，事业，歌剧之夜，多么聪明的主意！他们不时会有这样的主意，而他好想能够见见他们，就一次。他们在什么地方？纽约、伦敦、日内瓦，哪里？他们掌管金钱，发号施令。以一种干净利落又无声的方式遥遥指挥。一个邮箱，一个假名字，每月一次，有时候好几个月无事可干，日复一日，什么也没有，杳无音信，有时候一张这样的字条：大都会歌剧院，九月二日周日，第四排，《弄臣》第七景，"我管自

---

① 意文 scacciapensieri，字面本意"驱忧、散心"，是世界上最古老的马蹄形鸣乐器。

己叫斯帕拉夫契列①"时交接，按常提取佣金，事业万岁。这就是全部，除了：一张歌剧票，第四排紧挨过道的第一个座位，方便他稍稍转头便能看清整排观众。蠢货。"剩下的事你自己设法处理"。剩下的事可是非常多。他去到盥洗间那儿，给玻利瓦尔打了个电话，修理厂那头的噪声震耳欲聋，但反正对话也简短。"你有吗？""我有。""我马上过来。""我等你。"他没有立即挂断电话，他知道这违反了规则，但是他感到怒火中烧：那些笨蛋让我去歌剧院，他们想玩一把詹姆斯·邦德的游戏。他突然挂上话筒，好像都是电话的错，现在就全是其他事了。一句话，其他事项。首先是酒店，想一想，叫什么……它叫什么名字来着？他不知道多少次路过那家酒店了，但现在却想不起酒店的名字，没辙。老了，这就是原因。这些家伙都老了，蠢老头，就是这些傻瓜带着他们愚蠢的游戏陷入了他们的老小孩时期。还是打电话给旅游信息问讯处吧。"喂，小姐，请提供中央公园周

---

① 斯帕拉夫契列是《弄臣》中的刺客，其名字 Sparafucil 即枪手的意思。

边三四家酒店的名字，最高级的，包括电话号码。""请稍候片刻。"什么片刻，简直是没完没了的等候，小罗萨里奥从柜台那边给他打了个手势，他的开心果冰淇淋快化了。"对，请讲，我在记：广场、皮埃尔、丽思·卡尔顿、公园大道、华尔道夫……这就够了，谢谢。"现在试试打电话，反正冰淇淋已经化了，小罗萨里奥只能将它扔掉。广场酒店没有空房，当然，这个城市满是百万富翁。皮埃尔也一样。也许最好是梅菲尔，他们还有一家高级餐厅，叫"马戏团"，他曾去吃过一次，不为什么，就为了演出结束后能享受一顿午夜晚餐，"请查一下能否为我订一间客房，谢谢，就一晚。""对不起，先生，房间都订满了，实在没办法。"见鬼去吧。最后是公园大道，不可能在这家高达四十六层的酒店中找不到一间空房。"确认预订，富兰克林先生，祝您晚上愉快，谢谢。"真累啊。但现在诸事都安排好了，明天再去取包裹吧，最好在家睡觉时别揣那么多现金，晚礼服也可以明天再租，时间有的是，但现在玻利瓦尔在等他，让他等着吧。于是他离开咖啡馆，叫了辆出租车去炮台公园，因为现在他想要摸一摸自由女神，依照他习惯的那套仪式，然后坐在长椅上望一眼海湾和在长凳上栖息的海鸥，思念多洛莉丝。他将一个瓶盖扔进水里，肮脏的海水，肮脏的沥青路面，连自由女神也如此肮脏，整个城市都是肮脏的。两位穿透明雨衣的女士将相机递给他，说了一声请，摆好姿势，脸上堆出了被拍照的人勉强的笑容。他将镜头对准她们，如她们要求的那样，尽量框进去一两栋摩天大楼作为背景，他想到那个像小眼睛一样开合的快门真是奇怪，咔嚓一声，一个消逝的瞬间给锁定了，无法撤销、直到永久。咔嚓，"谢谢"，"不用谢"，晚上愉快，咔嚓，瞬息之间，十年过去了，多洛莉丝去世了，不可挽回，然而瞬间之前她还坐在那里，背对摩天大楼微笑着，就在那个位置。咔嚓：十年。忽然间，他在肩头感觉到了所有的流年，那个十年，还有他生命中的五十年。它们像那座用上百吨钢铁和岩石铸造的庞然大物一样沉重。最好去找玻利瓦尔，这样就不必多想了，顺路再租下晚礼服，但是带着所有钱过夜实属疯狂，而且也违反规定，但他们让他交接这样大量的现金也是疯了。什么意思，考察他的效率？还是计算他的年纪？大都会首演、晚礼服、上万的美钞现金，开什么玩笑。

"是一个玩笑，玻利瓦尔，我在开玩笑。"在所有的轻率鲁莽之后，他更愿意用一个笨拙的借口来解释。玻利瓦尔满头卷发的大脑袋，嘈杂的修理厂中用玻璃隔出的办公室，褐色牛皮纸包妥的小包，当然了，我的老伙计，我们不也需要开个玩笑；顺便问一下，事情进行得怎样？"我没什么可抱怨的，交通事故有所增加，哈哈。"玻利瓦尔，那张有点流浪汉的脸，家犬般温顺的眼睛，费尔斯通轮胎工作装，十年的友谊，从不问什么，从不说什么：你是谁，你干什么，你去哪儿，你过得怎么样，什么也不问。只是握个手，事情怎么样，抽支烟，这是给你的东西。"但是谁给了你那个东西，玻利瓦尔，你上哪儿得到的，谁给你送来的，我也很想知道。"玻利瓦尔睁大眼睛望着他，"这是什么问题，你都在想什么。""没什么，就这样，我突然心生好奇，我老了。""得了，你还是小伙子，富兰克林。""不，我在变老，我知道，他们也知道，迟早，他们就用不上我了，会将我干掉，你知道怎么回事，玻利瓦尔，也许你就是那个干掉我的人，有一天你将收到一条这样的指令。""你在胡说什么呢，富兰克林。""没什么，开个玩笑，玻利瓦尔，今天我心情不错，想开玩笑，我给两个游客拍了张照片，按下快门的那一刻，十年过去了，这种事是可能的。""我送你到门口，富兰克林，顺便问一下，他们真让你去剧院吗？哪家剧院？""这是个问题，玻利瓦尔，你在想什么，这些事情是不能问的，再见。""我也是开玩笑，富兰克林，再见（西班牙语）。"

* * *

　　为了说服出租车司机将他从酒店带到几米之远的大都会歌剧院，他拿出一张五十美金的现钞在司机的鼻子下晃了晃。不要与任何人争论，也决不能怀揣着所有那些现金，还穿着那身晚礼服步行，那身衣服就像在说：来呀，来抢我钱啊。司机收下了钱，甚至没打开计价器。他系一个领结，是在公园大道酒店门口候客的那一类司机，是很有教养、很少有的那类人。下车的地方人头攒动，灯光亮如白昼，在明亮的喷泉前驻足的衣着讲究的观众，穿长礼服的女士，靓丽的世界。剧院大厅里已经挤满了人，他在衣帽间寄存了围巾和大衣，四下扫了一眼。他的接头人不在那里，他的直觉告诉他。他去到一层的前厅，"一杯橙汁加一颗橄榄，谢谢。"接头人在这里，在这人群之中。有时候他一眼就能将他认出来，但那是人少一点的场所：拉美协会图书馆、萨克斯百货大楼玩具部、时代广场的旅游问讯处。他环顾了一眼四周。太多的人，太亮的灯光。太多的红色天鹅绒。他走进音乐厅，走到他的座位旁，他想在那儿等待他的邻座到来，这样会容易一些。剧院里已有不少观众，他开始细细打量他们的脸。一个三十来岁的日本人，金框眼镜，讳莫如深的表情，很难揣测的职业。与一金发小伙子结伴而行的是一位五十来岁的知识分子，白皙的双手，精致的脸庞。一对中年夫妇，他看上去像是波士顿的律师。一个金发女郎坐在一位老先生身边，很难判断他们是否情侣，如果是，那么他是一位商业巨头，她就是他女友，他们肯定没有结婚，尽管他手上戴着婚戒。

然后又到了两对年轻夫妇，来自外地、生活富裕、刚结婚的新人，还有一位穿一件晚礼服的老头，晚礼服对他而言太大了，两种可能：在剧烈减肥，或者就是衣服是租来的。最后赶到的是一位棕色皮肤的年轻人，修得很短的黑色髭发，光滑的直发，像是拉美人，他在他身边入座。开场铃响。

现在开始国王寻乐[①]（法语）。但哪位国王，什么玩意的国王？灵界的、未知数的国王，他可没法寻乐。但公爵不是，他懂得怎么做，"那不知其名的布尔乔亚美人，我定要攫取她的芳心。"他抱着对前景的自信唱道。深知那个夜晚是属于他的，你们从全纽约赶来听我的演唱，我是全世界最优秀的男高音，这是我的名片。紧接着，掌声。容易征服的观众，喜欢在首演上抛头露面的那一类。布景俗气，舞台上的曼图瓦宫在影棚中使用还

[①]《国王寻乐》(*Le roi s'amuse*)：维克多·雨果的一部剧作，后被威尔第改编成《弄臣》的台本。

差强人意，太多的玫瑰红和太多的天蓝色，可怕，最好歇一歇眼睛。他微微侧首，将视线投向像扇骨般展开的他那排的观众。金发女郎戴上了一副镜腿上嵌有水晶的奢华眼镜，她似乎特别投入。可能是她伴侣的那人则有点心不在焉，他目随着在一位贵妇的陪伴下正在穿过舞台的切普拉诺伯爵夫人，有时候女中音抱有不事张扬的奉献精神，适合当一位六十上下工业巨头的美人，"即使阿耳弋斯以百只眼睛盯视我，我也不怕，如果一个美丽的脸蛋令我沉醉。"日本人的左眼开始抽筋，他连眨两次眼睛，尔后难以察觉地蹙了一下眉毛，该作何解释，他没提供线索。两对外省夫妇喜气洋洋，其中一位新娘，不算最丑的那位，嘴角边挂着一点口红，也许是为了准时赶到剧院而过于仓促，在出租车上补的妆，倘若将这事告诉她，她将羞愧而死。知识分子一副腻烦的神情，他该是够品位的唯一一人，所以不喜欢这场歌剧，他的金发小伙子也似乎腻烦了，但也许是基于完全相反的理由。反之，老先生像是陶醉了，他的双唇伴随着蒙特罗内的演唱，"诅咒你，你嘲笑一位父亲的悲伤。"假设：他不是一个品位细腻的行家，品位细腻的行家不会陶醉于那版歌剧。另一种假设：他是一位情感行家，是一听卡鲁索和那不勒斯民歌就被打动的那种人，但那种人不会来大都会观赏歌剧首演。或许是南美人的那人，年轻、雅致、情种模样，与那出歌剧不太匹配。还有那对敏感的眼睛，因为他感觉到了落在身上的视线。他转过头来，现在是他在看他，先是快速地一瞥，尔后是长长的一眼。合唱团开始演唱第六景的终曲，但公爵的声音盖过了所有演员，"希望已经破灭，这是你致命的一刻。"大幕，掌声如雷。年轻人又扭头看他，眨了眨眼睛，尔后将嘴贴近他耳朵，以浓厚的意大利口音轻声说道："他唱的意大利语糟透了，那是一个虚荣之徒，所有的男高音都有点虚荣。"他微微一笑。他也微微一笑，点头表示同意。富兰克林，你遭遇了惨败，他对自己说。他想要出去。

但小巷的布景还不错，更贴近现实，少了一些恶俗。扮演利哥莱托的男低音不但唱得出色，演技也棒，他问该怎么支付，"先付一半，完事后付清。"斯帕拉夫契列唱道。现在他彻底扭过头来，明眼打量他那一排观众。啊，剧情发展得多么缓慢，一切都是那么拖泥带水，夹杂着太长的休止，他默念着所有的台词、句子，然后他打住，等待着。现在，来了：斯帕拉夫契列以意味深长的动作，将一只手按在胸口，张开了另一个手臂，"我管自己叫斯帕拉夫契列。"金发女郎将头转过来四分之三，他们视线相交，她微微表示首肯；嘴角挂着一丝奚落的表情，几乎是一丝窃笑，尔后她又将视线投向了舞台，再也没有扭头。又一次惨败，富兰克林。尔后他想道：这不可能。他将手伸到外套下面，钱被均匀地分置在宽幅松紧腰带中，他阖上眼睛，他的意识离开了剧院，离开了音乐，刹那间远游他乡，超越了时间，超越了空间。

他避开前厅的人群，在过道尽头等她，她来了，唇上挂着微笑，自信果断地向他走去，是接头人，毫无疑问。"晚上好，想喝一杯吗？""不了，谢谢，我更愿意尽快完成交接，我猜您在衣帽间存放了一盒巧克力，我们现在就交换取衣牌吗？但若钱在您身上，我们去电话那边，至少我能用上这个晚会手提袋了，为了找到这么大的一个包，我搜遍了整个城市。"坚定的、无动于衷的声音。高耸的颧骨，棕色眼睛，很美。三十岁、四十岁？很难确定她的年龄。她点燃一支烟，沉着地望着他。从容，专业。"不是现在，"他说，"对不起，现在不是时候，歌剧结束后，如果工业巨头不掺和进来的话。""哪个工业巨头？""坐你身边的那位。""别说蠢话了，我是一个人来的，那人我从未见过，我不明白你为什么要让我等到终场。""你以后会明白的。"

* * *

是为什么，归根结底？也许他知道为什么？他不知道，也不愿去想。就这样。因为我累了。因为我拍了一张照片。因为多洛莉丝已经不在了，因为过去了太长时间，因为因为因为。因为就这样。因为我想晚餐，想让你跟我一起进餐。他们离开剧院时，观众起立，正在要求男高音返场谢幕。她沉默地尾随着他。他从衣帽间取出围巾和大衣，摊开手掌，翻了一下手，"你看，我没在袖子里面藏牌，没存巧克力，我把钱留在酒店了，想要的话，你自己来取，但我得先吃饭，我肚子空得像一头饿狼，从昨天起就没吃过饭，开心果冰淇淋还化了。""你住在哪家酒店？""哦，不，如果你想拿到钱，你得跟我共进晚餐，如果你不饿，你可以看我吃饭。"她莞尔一笑，挽上他的手臂，"我们上出租车后再作决定。""我提议卢特斯，法餐，纽约最好的餐厅，今晚适合享受一顿法国大餐。""好吧。"途中谁都没有作声，只这个：你不守规则，你应该在剧院里就把货交给我。没错，我同意，但还是想想法国烹调吧，既然走到了这一步。

　　他们选择了一张安静的桌子。"服务员，请撤掉所有的蜡烛，只留一个，我们喜欢幽光。让我们饕餮一顿？""好吧。""那先上牡蛎，一瓶不要太冰的香槟，你叫什么名字？""这无关紧要。""我叫富兰克林，你呢？""随你怎么叫我。""太好了，随你是个漂亮的名字，但听着像姓氏，但如果你愿意这么叫，随你。"有时候可以用这种方法开头，用一个玩笑，然后对话就自行打开了，顺着自然的流势，倘若渠道畅通的话。渠道畅通，酒也帮助了对话。几乎全是他一人在喋喋不休：东河，很多年以前，好几次的墨西哥之行，继而谈到热情，去世的友人，所有那些幽灵。"我累了，"他说，"我孑然一身，现在够了。"作为甜品，他点了菠萝加烈酒，最后两杯咖啡。"服务员，请再来一大盒巧克力。"他请她原谅，去到洗手间，将巧克力倒在垃圾箱里，在空盒里装满美元，回去时顺便结了账，从卖烟女孩手里买了一支玫瑰，插在盒盖下。"这个，"回到餐桌后他说，"是名牌巧克力，钱在我的身上，对不起，我演了一出喜剧。"她睨视了一眼盒子里面。"你为什么这么做？""我想找个人作伴，太多年了，我独自一人吃饭，希望晚餐还合你的口味，现在请见谅，我该去睡觉了，谢谢你的作伴，随你，晚安，我相信我们不会再见了。"

穿过餐厅时，他给服务员递上了不菲的小费，"谢谢，先生，再见（法语）。"他的双腿还撑得住，他只是微醺，但不觉得头晕，是一种愉悦的感觉。他已经坐上了出租车，她到了，果断地上了车，"我跟你一起去。"

他望着她，她向他微笑，"我也是一个人，我们开开心心地作个伴吧，就今天晚上。""责任自负，随你，请带我们去公园大道酒店。"

"我们别拉窗帘吧，这样能饱览城市和夜色，从四十层望出去，纽约多美啊，那么多灯光，那么多人，那么多故事隐藏在那些窗户后面，拥抱我，待在这里真好，看那栋楼，像一艘跨大西洋游轮，如果它现在起航，开始穿行夜色，我会觉得这太自然不过了。""我也是。""你叫什么名字，'随你'真的是姓氏，告诉我你的名字，随你怎么编。""我管自己叫斯帕拉夫契列。""这样好一些，斯帕拉夫契列·随你，美好的一晚，我觉得自己动了真情，爱上了你，很多年没有体味这种感觉了，对不起，我去一下卫生间。"

卫生间的光线永远不对劲，太粗暴了，即便是演员更衣室也不该如此惨白。在倾泻而下的反光灯下面，他光秃的脑袋看上去着实可怜，但他完全不在乎。他刷了牙，揉了揉太阳穴。他觉得甚至可以吹一通口哨。大理石台面上有她的一个小粉盒。他说不清为什么打开了盒子，有时候人会做出这样的举动，出于直觉。在一个粉盒里邂逅自己是一桩奇事。他的相片夹在胭脂和镜子之间。用长焦镜拍摄的，全身，街上，不知道哪里。他将它夹在大拇指和食指中间，数秒钟后，他得出了一个明确的想法。她不可能知道他是谁，她不可能认识他。她不应该。他省察了一眼自己的形象，像某些用长焦镜拍摄的快照一样，他那相片颗粒粗糙，他夹在人流中，籍籍无名，脸上一些岁月的痕迹，瘦削：富兰克林。他马上想象到望远镜状的镜头正在瞄准他的脸，或他的心脏。咔嚓。当他转动门把手时，他想到了她的晚会大手提袋，现在他知道了包里装的不止是钱，如果之前他愿意想一想的话，他早该知道了，但也许他不愿意去想。他想到他觉得遗憾，不是为了这事本身，而是为了所有其他的事情，因为他度过了一个美好的夜晚。他还想到他应该告诉她，他觉得遗憾，为什么斯帕拉夫契列恰恰是她，这太可惜了，太可笑了，在一切都显得并非那么一回事的时候。但他知道已没有时间了。

电　影

1

小站上几乎无人。这是一个海边小镇的一所小火车站，站台上的木头长凳周边长着几棵棕榈树和龙舌兰。站台的这一边尽头，在车站的铸铁大门后，有一条小路通往镇中心，而另一边的尽头是下到沙滩的石阶。

站长从安有控制台的玻璃小屋中探出身来，从站台雨棚下踱向铁轨边。他是个留了一撮小胡子的矮胖子，他点上一支烟，狐疑地望了一眼阴云密布的天空，将一只手伸出棚外，想感觉一下是否已开始下雨，之后他转身，将手插入衣兜，一副心事重重的样子。两个候车的工人坐在写有镇名的站牌下的长凳上，跟他打了个简短的招呼，他点头作答。另一条长凳上坐着一位黑衣老妇，身旁放着一个用绳子捆绑的行李。站长望了一眼铁轨的这一侧和那一侧，火车进站的铃声开始鸣响，他回到了他的小屋。

此刻，一个女孩跨入铁门。她身穿一条波点图案的连衣裙、一双在脚踝处系带的鞋子和一件天蓝色毛衣外套。她似乎因感觉寒冷而脚步匆匆，一头金发在围巾下飘逸。她手上拎着一个草编直筒小行李袋和一个小手提包。一名工人的视线开始随着她转，并用胳膊肘顶了一下看上去心不在焉的同伴。女孩无动于衷地望着地面，步入候车室，随手掩上了身后的门。候车室内空无一人。一侧角落中立着一个笨重的生铁炉子，女孩走向炉子，也许她希望它生着火，但她失望了。她将草编直筒袋搁在炉台上，然后在一张长椅上坐下，微微哆嗦了一下，用手蒙住了脸。她这样地坐了很长时间，似乎在哭泣。她很漂亮，身姿优雅，脚踝纤细。她摘掉围巾，重新梳理了一下头发。她的视线在候车室的墙上游移，像是在找寻什么。墙上有几张占领军威慑市民的布告及附有照片的通缉令。女孩怅然若失地环顾四周，然后拿起之前搁在炉台上的行李，像要用双腿保护它似的，将它靠在了脚边。她紧抱双肩，往上拉了拉外套的衣领。她的双手不知往哪放，看得出来，她非常紧张。

门砰然打开，一位男士走了进来。他高大瘦削，穿一件系腰带的浅色雨衣，一顶毡帽压在前额。女孩倏然起身，短促的呼叫在喉咙中化了一声嗫嚅："艾迪！"

男士将一指按在唇上，向她走去。他微笑着，张臂将她揽入怀中。女孩的头温柔地靠在他的胸口，拥抱住他。"噢，艾迪！"两人身体分开时，她喃喃道："艾迪！"

男士搂着她坐下，自己则走近门口，悄悄往外张望了一下。之后他在她身边坐下，从衣兜中取出几张叠好的纸。"请你亲手转交给英国少校，"他说，"过会儿我再详细告诉你怎么交。"

女孩接过纸，将它们塞入衣襟。她好像非常恐慌，眼中噙满泪水。

"你怎么样？"她问。

他做出一个不屑一顾的手势。此刻，传来了火车进站的声音，一列货车映入候车室的玻璃门。男士将帽檐压在脑门上，用报纸掩住脸："去看一下出了什么事。"

女孩去到门边，悄悄睨了一眼。"是一列货车，那两个长凳上的工人上了车。"

"有德国人吗？"

"没有。"

传来了站长的口哨声，货车开始启动。女孩回到男士身边，握住他的双手。"你怎么样？"她再次问道。

男士折好报纸，将它塞进衣兜。"现在不是考虑我的时候，"他说，"你给我详细说一下剧团的行程。"

"明天去尼斯，三天的戏。周六和周日在马赛，然后是蒙彼利埃和纳博讷，各一天：总之，沿着整条海岸线。"

"就定在马赛，周日，"男士说道，"演出结束后，你在更衣间接待仰慕你的观众，你让他们逐个进屋。很多人会给你献花，肯定会有一些浑水摸鱼的德国特务，但也有一些自己人。你必须在来宾面前阅读每一张贺卡，因为我不知道那个传递信息的人会怎样自我介绍。"

女孩专注地听他说话。男士停顿了一下，点上一支烟继续说道："一张贺卡上将写着：献给花样女郎的鲜花（Fleurs pour une fleur）。你将文件交给送你那束花的人，他是少校。"

站台雨棚下的铃声又开始敲打，女孩看了一眼她的手表。"几分钟后火车就要进站了……艾迪，求你了……"

男士没让她说完："不如给我说说那出戏吧，周日我会想象你们的演出。"

"剧团全体女孩都上场，"她兴味索然地说道，"每个人模仿一个当下或过去的女演员，这就是要演的戏。"

"剧名呢？"男士微笑着问道。

"电影电影。"

"我觉得剧名不错。"

"糟透了，"她确信地说道，"编舞是萨维利奥设计的舞美，你想象一下，我模仿弗朗切斯卡·贝尔蒂尼①，跳舞时，我那长裙老绊我的脚。"

"留神，"他开玩笑道，"悲剧女明星可不能摔一个大跟头。"

女孩又用手蒙住了脸，开始哭泣。她双颊刻着泪痕，越加楚楚动人。

"你离开这个地方吧，艾迪，求你了，你走吧！"她喃喃低语道。

男士温柔地擦干她的泪水，但他的声音却变得生硬，似乎他在强忍住一股强烈的欲望。"别哭了，艾尔莎，"他说，"请尽你所能地理解一下现状吧。"而后他换成了一种微微戏谑的语调。"你觉得我怎么做才能逃身？戴一头金色假发，穿一身女舞蹈演员的演出服装？"

站台雨棚下的铃声停了下来。开始能听见从远方传来的火车的声音了。男士起身，将手插入衣兜。

"我陪你上月台。"

---

① 弗朗切斯卡·贝尔蒂尼（Francesca Bertini，1892-1985）：意大利著名默片女星。

女孩坚决地摇了摇头："我不要，这太危险了。"

"我还是要陪你。"

"求你了。"

"最后一件事，"他一边走，一边说道，"我知道少校爱献殷勤，别给他太多的笑容。"

女孩哀求地望着他。"啊，艾迪！"她伤心欲绝地呼唤他的名字，向他索求着亲吻。

他愣了一愣，似乎有些不知所措，又像是没有勇气亲吻她。随后，在她一侧脸颊上，他给了她一个近似父辈的轻吻。

"停！"场记大喊，"暂停！"

"不是这样的！"大喇叭中传出导演雷鸣般的吼声，"需要重拍最后一段！"

那是一个胡子拉碴的小伙子，脖子上围了一条长围巾。他从摄影机旁的折叠椅上起身，向他们走去。"不是这样的，"他不满地说道，"应该是一个热情似火的老式接吻，和第一部片子一样。"他做示范，用左臂搂住女演员的腰，使她不得不往后倾身。"你弯腰贴住她，给她一个热情似火的亲吻。"导演说。然后他扭头面对摄制组全体成员说道："休息一会儿！"

2

　　小站咖啡馆被摄制组成员占领了，他们争相挤在吧台前面。她在门旁驻足，略微有点迟疑，拿不准该干什么，而他则消匿于人群之中。很快，他又出现了，晃晃悠悠地举起两杯咖啡，用头示意她跟他去外面。咖啡馆小屋后面是一个遍地碎石的院子，上覆一个爬满了葡萄藤的凉棚。院子也被用作咖啡馆的储物间，散着一些塞有空瓶的木箱和歪歪扭扭的旧椅子。他们坐在两把椅子上，将第三把用作小桌。

　　"电影接近尾声了。"他说。

　　"他坚持等到最后才拍摄结尾的一幕，"她应声道，"我不明白为什么。"

　　他摇了摇头。"是现代手法，"他推敲了一下形容词，说道，"好像是照搬《电影手册》（*Cahiers de cinema*）。小心，卡布奇诺很烫。"

"我还是不理解他。"她说。

"在美国不这么拍片?"

"我想是的,"她语气肯定地说道,"不那么自负,不那么……有知识分子的作派。"

"但这个导演还算优秀。"

"反正,以前不这么拍片。"她回答道。

他们默默地小口抿着卡布奇诺。现在是上午十一点,大海波光粼粼,可以透过贴着院墙的女贞树篱望见。太阳穿透了云层,天气似乎放晴。凉棚上的葡萄叶染上了一层炽热的红色,阳光在砾石地面上洒下一块块闪烁的阴影。

"一个绚丽的秋天。"他望着挂满叶子的棚顶说道。而后他似乎陷入了沉思,继续道:"'从前'……你这么说让我有点惊讶。"

她没有回答,而是抱住腿,曲膝顶住胸口。她也是一副凝思的神色,似乎此刻才开始思索他那些话的含义。"你为什么接了这部片子?"最后她问道。

"你呢?"

"我不知道，但是我先问的你。"

"因为幻想，"他说，"总之……为了再次感受……诸如此类的事情，我说不清楚。你呢？"

"我也说不清楚。我也一样，我觉得。"

导演从环绕咖啡馆的小径上冒了出来。他显得异常快活，手上举着一扎啤酒。"看呢，明星都在这儿呢！"他大喊道，在一把歪歪扭扭的椅子上一屁股坐下，满意地呼出一口气。

"请你别再提什么直接拍摄之美一类的话题了，"她说，"你给我们上的课已经够多了。"

导演没觉得受了冒犯，他开始随心所欲地喋喋不休。他谈到电影，谈到这个新版影片的意义，谈到为什么多年后他选择了同一拨演员，为什么对正在翻拍的片子，他要如此强调它的格调。从听者无动于衷的反应判断，这些他已经谈论过很多次了，但显然他喜欢唠叨，几乎像在自言自语。他喝干了啤酒，站起身来。"只需一场大雨了，"他一边离身，一边说道，"用水泵洒水来拍摄最后一幕，岂不可惜。"绕过屋角之前，他特意说道："半小时后继续拍摄。"

她用询问的眼神望向她的同伴，他搂着双肩，摇了一下头。

"最后一幕中下雨，"他解释道，"我站在雨中。"

她笑了，将一只手搁在他肩上，好像在说她都知道。

"美国还在放这部片子吗？"他露出有点漠然的表情，问道。

"为了我们，导演不是已经放了十一遍吗？"她笑得更欢了，"总之，美国的电影俱乐部还在放，偶尔。"

"这里也是。"他说。而后他突然问道："少校还好吗？"

她一脸疑惑地望着他。

"霍华德，"他解释道，"我提醒过你别给他太多的微笑，但显然你没听从我的建议，虽然后来那个镜头并没有出现在影片中。"他似乎凝神沉思了片刻，"我一直没明白为什么你嫁给了他。"

"我也不明白，"她以一种天真的语调说道，"我那时还很年轻。"她的神情放松下来，似乎解除了对他的不信任，决定了停止撒谎。"我想报复你，"她平静地说道，"那就是真正的原因，尽管我可能并没有意识到。此外，我想去美国。"

"霍华德呢？"他又问道。

"我们的婚姻很快就触礁了，他不适合我，我不适合拍电影。"

"你消失得无影无踪，你为什么决定息影？"

"对我这样的人来说，继续这个职业太难了。我仅仅是偶然拍了一部叫座的影片，因为我通过了试镜。美国都是职业演员。有一次我参加一家电视台拍摄的一部系列电视，我简直糟透了，他们让我扮演一个有钱的尖酸女性，根本不是我的类型，不是吗？"

"我觉得不是，你看上去很幸福。你幸福吗？"

她莞尔一笑。"不，"她说，"但我有很多东西。"

"比如说？"

"比如说，一个女儿。一个可爱的女孩，读大三，我们之间相处得非常融洽。"

他好像不相信似的望着她。

"已经二十多年了，"她说，"几乎是一生的年华。"

"你还是那么美。"

"那是化妆的缘故，我脸上很多皱纹。我几乎可以当外婆了。"

他们沉默了许久。咖啡馆里传来喊喊喳喳的说话声，有人打开了点唱机。他好像话到了嘴边，但他望着地面，似乎找不到恰当的用词。"我想听你谈谈你的生活，整个拍摄期间我都想问你来着，只是现在我才下了决心。"

"当然，"她兴奋地回应道，"我也想请你谈谈你的生活。"

此时，菲拉莱迪小姐从门口冒了出来。她是片场助理，一个既难看又粗野的干瘪女人，戴一副圆形眼镜，梳一个马尾。"化妆时间到，"她大嚷道，"十分钟后开拍！"

站台雨棚下的铃声停了下来。开始能听见火车的声音从远方传来。男士起身，将手插入衣兜。

"我陪你上月台。"他说道。

女孩坚决地摇了摇头："我不要，这太危险了。"

"我要陪你。"

"求你了。"

"最后一件事，"他一边走，一边说道，"我知道少校爱献殷勤，别给他太多的微笑。"

女孩哀求地望着他。"啊，艾迪！"她伤心欲绝地呼唤他的名字，向他索求着亲吻。

他用一只手臂挽住她的腰，迫使她微微后倾。他凝视着她的双眸，将自己的嘴缓缓贴近她的，深情地亲吻了她。是一个炽热又悠长的吻，引发了低低的赞许声，有人吹起了口哨。

"停！"场记喊道，"这幕结束！"

"午餐时间，"导演用大喇叭通知大家，"四点继续开拍。"

摄制组开始四散。很多人往咖啡馆方向而去，其他人则走向停靠于站前小广场上的几辆房车。他脱掉华达呢雨衣，将它搭在手臂上。他们最后出站，上了空无一人的人行道，往海滨方向走去。一束强烈的光线投射在小码头上一排殷红房屋上，浅蓝色的海水如此清澈，几近透明。一个手臂下挽着洗衣盆的女人出现在一个小露台上，开始晾晒刚洗净的衣服。她仔细地挂好一条男童长裤和几件 T 恤，然后她转动滑轮，衣服顺着紧绑在一个房子与另一个房子之间的晾衣绳滑了出去，如旗帜一般在风中飘扬。这里的房屋由一个拱廊相连，廊下是罩着防水布的摊位。有的布上绘有深蓝色船锚，上面写着"特色海鲜"。

"以前这里有一家比萨饼店，"他说："我记得很清楚，它叫'切块'。"

女士望着路面，没有出声。"你不可能忘记，"他继续说道，"有一招牌，上书'外卖切块比萨'，我跟你说：让我们去'切块'切块比萨①，你笑了。"

连接窗户的圆拱下是一条窄巷，他们走下巷中的

---

① 原文 asportiamo un pezzo di pizza da Pezzi，似绕口令。

几步石阶，脚踩在明净的石板路面上，发出一种严寒天气的声响，像虚谷跫音一般清脆空廓，给人一种冬日的感觉。而实际上，这时暖风习习，空气中弥漫着海桐花的清香。海滨商店都打烊了，咖啡馆的椅子四脚朝上摆在桌子上，上下叠放在一起。

"我们错过季节了。"她注意到。

他偷扫了她一眼，试图捕捉话中可能的暗示，但最终他放弃了谈论这个话题。"那边有一家餐馆还开着，"他用头示意了一下，说道，"你觉得怎么样？"

餐馆名叫"蛤蜊餐厅"，是一座用木头和玻璃搭建于水边的吊脚楼，靠近天蓝色的海浴设施。支撑吊脚楼的柱子上系着两条轻轻晃动的小船。有些窗户的草帘低垂着，尽管室外阳光明媚，餐桌上却依然点着蜡烛。就餐的客人稀少：一对安静的德国中年夫妇，两个学者模样的年轻人，一位带着狗的金发女士。这是最后一批度假的游客。他们远离其他食客，在一张靠角落的餐桌边落座。服务员也许认出了他们，因为他快步走近餐桌，局促不安，但又露出一副想要表示亲昵的神情。他们点了两份铁板烤比目鱼和香槟，抬眼遥望在风中飘浮的云影和色彩渐渐变幻的海平线。现在，水天相交处铺陈着一片色调不一的深蓝，而怀抱海湾的岬角上则是一袭嫩绿和银色，如同一大块幽蓝冰块。

"真不可思议，"过了一会儿，她说，"三个星期拍一部片子，太荒诞了，一些场景我们只拍了一次。"

"这是前卫艺术，"他笑着答道，"虚假的现实主义，他们称之为真实电影①。如今制作成本过高，所以他们做什么都很匆忙。电影也选择用这种方式拍摄了。"他开始将松软的面包屑揉成一个个小团，在他的盘子前排成一列。"安哲罗普洛斯，"他以讥讽的口吻悄声说道，"他会喜欢拍一部《流浪艺人》②之类的影片，戏中有戏，让我们在戏中扮演我们自己。老歌和长镜头，行啊，但用什么来代替神话和悲剧呢？"

---

① 真实电影 (Cinéma vérité)，为 1960 年代法国发起之一派根源于纪录片的写实主义电影类型。——编者注

② 《流浪艺人》是西奥·丹哲罗普洛斯执导的剧情片。通过流浪艺人每一次演出历史剧《牧羊姑娘戈尔芙》却因政治事件被打断的故事，讲述了希腊1939 年到 1952 年的历史演变。——编者注

服务员端来了香槟，拔了瓶塞。她举起杯子，做了一个碰杯的动作，眼中露出恶作剧般的神色，顾盼生辉，闪烁着光芒。"矫情，"她说，"他要加一点矫情。"她抿了几口香槟，尔后粲然一笑。"为此他才要求演戏如此做作，"她继续道，"我们实际上是给自己画了幅漫画。"

他也举起了杯子。"好吧，矫情万岁，"他说，"说到底，伟人也一样：索福克勒斯、莎士比亚、拉辛，全是矫情，我这几年就没演过别的。"

"我想听你谈谈你自己。"她说。

"你真的想听吗？"

"当然。"

"我在普鲁旺斯有一个农场，我一有空就去那儿。那边风景恬美，人又热情友善，让我感觉舒畅，而且我喜欢马。"他又开始揉捏面包团，现在他顺着一个杯座，将它们排成了两圈，他的手指将一个面包团挪到另一个的后面，就像是在玩一种考验耐心的游戏。

"这不是我的意思。"她说。

他呼唤服务员，又点了一瓶香槟。"我在戏剧学院教书，"他尔后说道，"这就是我的生活，克瑞翁、麦克白、亨利八世。"他露出一个羞惭的微笑。"这便是我的特长，全是冷血硬汉。"

她专注地端详着他，她的神情热切深沉，似乎有种迫切。"电影呢？"她问。

"五年前我出演了一部警匪片，扮演一个美国私人侦探，出镜三次后，他们就在电梯中将我谋杀了。但是片头提到：特别出演，我的名字占据了整个银幕。"

"你是一个神话。"她确信地说道。

"一道剩菜，"他纠正道，"我是夹在双唇中的这个烟屁股，这样，你看。"他摆出一副强硬绝望的神色，听任叼在唇边的香烟烟雾蒙住他的脸。

"别做出艾迪的样子。"她笑着说道。

"但我就是艾迪。"他喃喃低语道，做出将一顶想象中的帽子压在脑门上的动作。他再次将他们的酒杯斟满，对着她举起了杯子："致电影。"

"再这样喝下去，我们回去拍片时必定烂醉如泥，艾迪。"她说道，做出恶作剧的表情强调了一下他的名字。

他夸张地摘掉了想象中的帽子，将它贴于胸口。"那样更好，我们会更加矫情。"

他们点了冰淇淋加热巧克力作为甜品。服务员眉飞色舞地过来，一手举着冰淇淋托盘，另一手举着热气腾腾的巧克力。上甜品时，他羞涩又略带一点讨好地询问他们，是否能赏脸在菜单上留下他们的亲笔签名，得到肯定的答复后，他绽放出一个如愿以偿的微笑。

那是一个很大的花状冰淇淋，花冠中央有一些血色欲滴的小樱桃。他取了一颗送入口中。"听着，"他说，"让我们改一下结尾。"

她有点迟疑不决地望着他，但也许她全懂了，只是在等待确认。

"别走，"他说，"留下来跟我在一起。"

她垂首望着盘子，似乎不知所措的样子。"啊，求你了，"她说，"请别这么说。"

"你说话就像演电影，"他说，"用的是同一句台词。"

"但这不是电影，"她几乎恼怒地回答道，"别再演戏了，你做得过火了。"

"但我爱你。"他做了一个似乎当真想放弃这个话题的手势。他声音极轻地说道。

这次她换上了玩笑的口吻。"当然喽，"她略略迁就地说道，"在影片中。"

"都一样，"他说，"一切都是电影。"

"一切都是电影怎么说？"

"一切。"他将手伸到餐桌的另一头，攥住了她的手，"让我们倒带回到开始的那一刻吧。"

她望着他，似乎没有勇气作答。她由着他抚摸她的手，自己也抚摸了他一下。

"你忘了片名，"她试图找到一句合适的话，"《时间无法倒流》。"

一脸喜色的服务员正向他们走来，手上挥舞着请求亲笔签名的菜单。

4

"你疯了！"她笑着抗议，却听任自己跟着他，"他们将暴跳如雷。"

他牵着她的手，将她拽上栈桥，并加快了脚步。
"别理他们，"他说，"让那个自以为是的人等着吧，等
待有助灵感。"

小渡轮上的乘客最多十位，分坐在船内长凳和船
尾漆成白色的铁椅子上。从穿着和自如使用交通工具的
举止判断，他们都是当地居民。三位正在聊天的女性提
着印有一家大商场名字的塑料袋，她们显然来自海湾沿
线的渔村，刚去了镇上购物。给船票打孔的检票员身穿
蓝色长裤和衣兜上印有公司名字缩写的白衬衫。他向他
咨询往返所需时间。检票员张开双臂，横扫了一遍整个
海湾，开始罗列渡轮将停靠的村落。那是一个留着一撮
金黄色小胡子的年轻人，一口浓重的本地口音。

"大概一个半小时，"他说，"如果你们赶时间，我
们停靠第一个村庄后，立马会有一艘渡轮返航，四十
分钟后回到这里。"他指了一下海湾右岸的第一个村落：
一排沐浴在阳光下色调简洁的民居。

她似乎仍在踟蹰，但她的态度介于迟疑和雀跃之

间。"他们会气疯的，"她重复说道，"原计划今晚完成拍摄。"

他耸了耸肩膀，做出一个满不在乎的手势。"倘若今天拍不完，明天也可以拍完，"他回答道，"我们是按片酬拍片，总得给我们留出一天的富余时间。"

"明天我飞纽约，"她说，"都安排好了，我女儿会等我。"

"女士，请拿定主意，"检票员颇有教养地说道，"我们该开船了。"

渡轮的汽笛鸣响了两次，栈桥上的船员开始解开系船的缆绳。检票员取出一摞船票，递给他们两张。"船头更舒服，"他建议道，"风大一点，但不容易晕船。"

船首的白色铁椅全都空着，但他们选择了靠在低矮的船舷上眺望风景。渡轮迅速地脱离码头，开始穿越海面。一眨眼的工夫，小镇远去了，岸边袒露出了它明确的地形和毫无悬疑、按照合情合理的几何秩序分布的老房子，秀丽宜人。

"从海上看，陆地更美。"她说。她用一只手按住被风吹散的头发，颧骨上飘落了两朵红云。

"你才是呢，你很美。"他说，"在海上，在陆地上，在任何地方。"

她莞尔一笑，将手伸进手提包中四处摸索，也许在找她的围巾。"你变得会献殷勤了，以前可不是这样的。"

"以前我很笨，又笨又幼稚。"

"而我觉得你现在更幼稚，"她说，"原谅我对你说这话，但这是我的想法。"

"不，"他说，"你错了，我只是更老了。"他担心地望了她一眼，"现在可别说我老了。"

"不，"她用让他宽心的语调说道，"你不老，事物并不全由年龄来决定。"

她从手提包中掏出一个玳瑁盒，抽出一支烟。他将自己的手放在她的前面，微微合拢，以免火柴被风吹灭。现在，即使海平线上的乌云正在向上蔓延，天空的蓝色却非常饱满，大海一片深寂。海湾的第一个村庄正在迅速靠近，已经能清晰地望见殷红的钟楼和它那蛋白糕点般的白色圆顶了。一群鸽子振翅飞离屋顶，在空中划了一道极其舒展的弧线后，往大海方向飞去。

"那里，生活该是既美好又简单。"他说。

她表示同意，微微一笑。"也许因为那不是我们的生活。"

现在能清楚地望见换乘的汽船泊在小港口中。那是一艘看似拖轮的老船。一见渡轮，它鸣笛三声，算是打了个招呼。一些人站在栈桥上，也许在等待上船。一个穿黄色衣服的女孩，拽着一位妇女的手，像小鸟般雀跃不已。

"那是我向往的，"他前后矛盾地说道，"过不是我们的生活。"从她的表情中，他知道自己说了一句含义不明的话，于是改口纠正。"一种不是我们的、幸福的生活，"他说，"就像在看到的那个村落中我们曾想象的那样。"他抓住她的手，让她望着他，他久久地凝视着她，没有任何言语。

她轻轻地挣脱了他，给了他一个短促的轻吻。"艾迪，"她温柔地说道，"亲爱的艾迪。"尔后她挽住他的手臂，将他引向为准备下船而摆好的跳板那儿。"你是一个优秀演员，"她说，"一个真正优秀的演员。"她很快活，充满了活力。

"但这确实是我的内心感受。"他无力地抗议道，由着她将自己拉向出口。

"当然喽，"她说，"确实，和真正的演员一样。"

5

火车一个急刹车，呼出一团团白色的蒸汽，车轮发出刺耳的摩擦声。一个车厢的车窗给按下了，露出了五个女孩的脑袋。一些女孩的头发染成了金黄色，发卷披落肩头，前额也铺着细碎的卷发。她们开始大笑并叽叽喳喳地喧哗起来，大声唤道"艾尔莎、艾尔莎"。一个打扮花哨的红发女孩，头发上系着一个绿色的蝴蝶结，对其他人大声喊道："她在那儿！"她几乎将整个上半身探出了车窗，挥着手使劲招呼。艾尔莎加大步幅，走到车厢下，碰了一下伸向她的兴高采烈的手。"科琳娜！"她对红发女孩惊叹道，"你怎么这副打扮？"

"萨维利奥说我这样更讨人喜欢，"科琳娜笑着，眨了眨眼睛，用头示意了一下车厢里面。"快上车，你不想给落在这个地方吧。"她用假声说道。然后她高喊道："姑娘们，还有一位鲁道夫·瓦伦蒂诺！"

所有女孩都探出车窗，并向科琳娜指点的男人挥手吸引他的视线。艾迪不得不从月台上的列车时刻牌后现身，慢慢地向前走去，他的帽子依然扣在眼睛上方。就在此时，两个德国兵从车站尽头的大门进来，往站长小屋方向而去。数秒钟后，站长举着红旗出了屋子，走向火车。他匆匆的步伐越加衬托出他那矮胖体态的笨拙。两个士兵在控制室前立正，好像在防守什么东西。女孩们不再聒噪，她们担心地注视着整个场面。艾尔莎放下行李，怅然若失地望着艾迪。他示意她继续前行，自己则在一个海滨广告牌下的长椅上就座，从衣兜中取出报纸，将脸埋在了后面。

科琳娜似乎全都明白了。"来吧，亲爱的，"她大声喊道，"你究竟想不想上车？"她用手向注视她的两个士兵打了个轻佻的招呼，露出艳媚的微笑。此刻，站长臂下夹着卷成一卷的小旗，正在往回走，科琳娜问他出了什么事。

"别问我，"矮胖子缩了缩肩膀，答道，"看来我们要等十五分钟，但我不知道为什么，这是命令。"

"啊，那我们能下车松松腿了，对吗，姑娘们？"科琳娜眉飞色舞，嗲声嗲气地说道。一眨眼的工夫，她冲下了火车，后面跟着其他女孩。"上车，"经过爱丽莎身边时，她悄声说道，"我们会设法转移他们的视线。"

一群女孩经过士兵身边，往与艾迪所在位置相反的方向走去。"这个车站难道竟没有一个吃饭的地方？"科琳娜环顾左右，高声自问道。她真是一个吸引人眼球的高手，她夸张地扭着屁股，前后摇晃着斜挎在肩上的小包。她穿着一身十分紧身的花纹图案连衣裙和一双软木凉鞋。

"大海！"她大喊道，"女孩们，看那大海，你们能说它不神奇吗！"她做作地倚靠在第一根街灯柱子上，将一只手贴近嘴边，露出一副天真的表情。"如果我带了泳衣，我才不会怕天冷不去潜水的。"她一边说，一边晃着头，瀑布般撒落肩头的红色卷发波浪起伏。两个士兵目瞪口呆地望着她，没有片刻挪开视线。科琳娜于是突发奇想。也许是灯柱给了她启发，或者是出于解决一道难题的需要，若不这么做，她便不知如何是好。她拉下衬衫领口，直到露出双肩，靠着街灯灯柱，前后晃动小包，然后她展开双臂，面对想象的观众，眨了眨眼睛，就好像整个风景都是她的同谋。

"全世界都为您歌唱，"她大喊道，"包括我们的敌人！"她转向女孩们，拍了拍手。那肯定是戏中的一幕，因为这些女孩站成一排，并开始像行军那样抬腿，但丝毫没有移动位置，她们右手贴额，行着军礼。科琳娜用一只手抓住灯柱，以它为轴，踩着优雅的舞步，围着它转了一圈。她的裙子在风中展开，暴露了她的玉腿。

在军营前面，在大门前面，曾有一盏灯，至今依然亮着，让我们在灯光中再见一面，让我们站在那盏

灯下，一如从前，莉莉玛莲，恰如从前，莉莉玛莲
（德语）。

> *"Vor der Kaserne vor dem grossen Tor,*
> *Stand eine Laterne, und steht sie noch davor . . .*
> *So wollen wir uns da wiedersehen,*
> *Bei der Laterne wollen wir stehen,*
> *Wie einst Lili Marlene, wie einst Lili Marlene."*

女孩们鼓掌，一个士兵吹了一声口哨。科琳娜玩笑般地俯首致谢，走向树篱边的小喷泉，沾湿手指摸了摸额头，留神看了一眼下面的公路，然后她回到车厢踏板处，后面跟着其他女孩。"再见了，男孩子们！"她上车时，向士兵大喊道，"我们撤退了，还有巡演在等着我们呢。"

艾尔莎在走廊中等着她，她将她拥入怀中。"哦，科琳娜，你是一个天使。"她一边吻她，一边说道。"算了吧。"科琳娜叹出一口气说道，然后孩子似的哭出声来。

两个士兵走近火车，开始盯着女孩看。他们简短地交谈着，其中一人会几句意大利语。此时传来了汽车引擎的声音，一辆黑色汽车驶入车站尽头的大门，穿过

整个月台，停在了车头的位置，靠近第一节车厢。女孩们探出身去，想知道发生了什么事，但铁道在那儿有个小幅度的拐弯，没法看清楚。艾迪没从长椅上挪位，他好像一门心思地阅读蒙住脸的报纸。"出什么事了，女孩们？"艾尔莎一边问，力图表现得无动于衷，一边将她的物品搁置在行李网架上。

"没什么，"一女孩答道，"应该是一大人物，但穿一身便衣，他上了一等车厢。"

"就他一人吗？"艾尔莎问。

"好像是的，"女孩说，"士兵们立正站好，但没有上车。"

艾尔莎探头眺望。车头那里，士兵们向后转身，踏上了通向小镇的小路。站长在地上拖着小旗，走近火车，眼睛盯着鞋子。

"出发了。"他像非常了解这种情况的人一样大事化小地说道，开始挥动旗子。火车鸣响了汽笛。女孩们回到自己的座位上。只有艾尔莎一人留在窗口。她已将头发梳于脑后，双眼闪烁着泪光。就在那个时候，艾迪起身，走到窗下。

"别了，艾迪，"艾尔莎喃喃低语，向他伸出了手。

"我们在另一部影片中再见？"他问。

"你胡说八道！"导演在他身后大叫大嚷，"你在胡说八道！"

"我们还继续吗？"摄影师问道。

"不，"导演说，"反正我们这段配音。"然后他冲着话筒大喊："走起来，开车了，加快步伐，在月台上一路伴着她，握住她的手！"

火车开始启动，艾迪按照要求，尽量加快步伐，一路追赶，但火车加快速度，拐弯上了另一条岔道。他一个转身，往前冲出几步，而后他停下，点燃一支烟，开始缓步走向电影摄影机。导演做了个一起的手势，调整他的步幅，就好像在用无形的线操纵他的动作。

"您让我插入一个心脏病发作吧，拜托了。"他以哀求的神情说道。

"您说什么？"导演大呼道。

"心脏病发作，"艾迪说，"这里，在这张长椅上。

我做出哀恸的表情，这样，您看，我坐在长椅上，将一只手举到胸口，像《日瓦戈医生》一样。让我去死吧。"

场记望着导演，等候他叫停的指令。但导演用手指做了个剪刀的手势，表示他将会剪辑，示意继续拍摄。

"什么心脏病发作，"他说，"您觉得您看上去像是会有心脏病发吗？将帽子再往下扣一点，在脑门上，这样才是艾迪的风姿，别不讲道理，别逼我再重拍这个场景。"他对现场的工作人员做了个手势，让他们开始泵水。"加油，"他鼓励道，"要开始下雨了，您是艾迪，记着，而不是一个可怜巴巴的失恋者……将手插在衣兜里，再收紧一点肩膀，就是这样，不错，向我们走过来……香烟好好地叼在唇边，完美……眼睛望着地面。"

他转身面对摄影师，大喊："机器后移，跟拍，机器后移！"